KB158526

메갈로마니아

Originally published in Japan by Japan Broadcast Publishing Co., Ltd.

Korean edition is published by arrangement with Japan Broadcast Publishing Co., Ltd.
through BC Agency

이 도서의 국립중앙도서관 출판시도서목록(CIP)은
서지정보유통지원시스템 홈페이지(http://seoji.nl.go.kr)와
국가자료공동목록시스템(http://www.nl.go.kr/kolisnet)에서 이용하실 수 있습니다.
(CIP제어번호: CIP2013012650)

온다 리쿠 지음 | 송수영 옮김

온다 리쿠
라틴아메리카
여행기

문학동네

프롤로그 0

없다.

아무도 없다.
이제 이곳엔 아무도 없다.
모두 어디론가 사라져버렸다.
문을 열고 나가봐도, 침실을 엿봐도,
그림자 하나 보이지 않고, 노랫소리도 들리지 않는다.
말라버린 수로는 거친 바닥을 드러냈다.

나는 날고 있다.
석단 위를, 비석 위를, 돌길 위를, 신전 위를, 탑 위를.
새들도 없다. 하늘도 고요하다.
계곡 위를, 밀림 위를, 평원 위를 나는 날고 있다.

저멀리 무언가 보인다.
구름 사이로 아련하게 떠오르는 소금기둥 같은 마천루.
하지만 그곳에 닿기 훨씬 전부터 나는 알고 있다.

그곳에도, 아무도 없다. 텅 빈 상자만이 어슴푸레한 도시를 메우고 있을 뿐. 뿌연 먼지와 모래로 뒤덮인 채 멈춰버린 차바퀴만이 제멋대로 굴러다닐 뿐.

텅 비었다.

세상이 텅 비었다.

그 누구도 이 세상에 살지 않는다.

나는 날고 있다. 오로지 나 홀로 하늘을 날고 있다.

모든 것을 잃어버린 세상을 느끼고 있다.

지난날에 알았던 세계를, 지난날에 화려하게 빛났던 세계를, 우리들의 빛바랜 보석을.

차 례

프롤로그 3 .. 141

프롤로그 1

끝에서 시작으로

2008년 11월.

태양이 기울기 시작한 대평원의 길고 긴 외길에 트럭 한 대가 잔뜩 속도를 내면서 달리고 있다.

남자는 가끔씩 스쳐지나가는 여느 트럭과 다름없이 줄곧 가속 페달을 밟고 있다. 꾸물대다간 저녁 무렵까지 메리다에 닿을 수 없다. 아무리 달려도 똑같은 풍경, 오로지 지평선의 소실점을 향해 질주할 뿐이다.

백미러에 걸린 은 십자가 흔들흔들 요동친다.

천금같은 이 주 만의 귀가다. 한시라도 빨리 집에 가고 싶은 마음이 굴뚝같다. 갓 태어난 딸의 얼굴을 보면서 차가운 맥주를 들이켜고 싶다.

라디오에선 아까부터 이웃나라에서 처음으로 아프리카계 대통령이 탄생했다는 소식을 연신 전하고 있지만 거의 듣는 둥 마는 둥이다.

그런데 저멀리 불쑥 검은 점이 눈에 들어온다.

응?

처음엔 개인 줄 알았다. 때로 개가 도로 위를 떠도는 일이 있다.

그러나 그 점은 점점 가까워지면서 사람 형상이 되었다.

뭐지?

남자는 눈을 의심했다.

어째서 이런 곳에 있지?

여자가 멍하니 도로 위에 멈춰 서 있다.

의미 없이 주위를 둘러보며 도로 한가운데 서 있다.

남자는 속도를 줄였다. 여자가 어느 쪽으로 향하는지 알 수 없었기 때문이다.

트럭이 다가오는 것을 알 텐데 여자의 표정엔 전혀 변화가 없다. 도로를 건너는 것도 아니고 되돌아갈 것도 아닌 듯, 천천히 주위를 둘러보며 트럭이 향하는 방향에 덩그러니 서 있다.

이대로 계속 달리면 분명 그녀를 치고 말 것이다.

남자는 다시 속도를 줄여 십 미터 정도 떨어진 곳에서 멈췄다.

여자는 그대로 멍하니 서 있다.

그가 차에서 내렸다. 뒤에서도, 반대 차선에서도 차가 달려오는 기색이 없다.

남자가 다가갔지만 그녀는 미동도 하지 않았다. 마치 아무것도 눈에 들어오지 않는 듯했다.

혹시 약이라도 했나?

남자는 경계심을 높였다. 혹시 강도? 패거리가 있을까?

“어이, 이봐, 괜찮아?”

남자는 멀찍이서 말을 걸었다.

그제야 여자는 퍼뜩 고개를 들어 남자 쪽을 보았다.

눈에 초점이 생기더니 남자와 시선이 마주쳤다.

여자는 놀란 표정으로 남자를 보았다. 동양계의 작은 얼굴은 생김새가 반듯하고 귀여웠다. 도저히 약을 한 것 같아 보이지 않았다. 중국인인가?

“무슨 일이야. 왜 이런 곳에 있어? 차는 어딨어?”

“이런 곳……”

스페인어를 되풀이하는 모습을 보니 그가 하는 말을 알아듣는 것이 분명하다.

갑자기 그녀가 얼굴을 들어 먼 곳을 보았다.

“저기.”

“응?”

남자는 여자가 가리킨 방향을 보았다.

"저기에서 왔어."

남자는 뭔가에 얻어맞은 듯했다.

발밑으로 미지근한 바람이 분다. 아무도 없고, 시야를 가리는 것도 하나 없는 드넓은 대평원을 둘러보았다.

저기에서 왔다고? 그런 바보 같은. 설마 걸어온 거야? 도대체 어디에서? 얼마나 걸려서?

남자는 혼란스러웠다.

여자가 휙 쓰러졌다.

"이봐."

남자가 황급히 달려들어 그녀를 붙잡았다. 무슨 일이 있었는지 모르겠지만, 만약 정말로 이 평원을 걸어왔다면 꽤나 지쳤을 것이다. 어쨌든 가장 가까운 마을로 데려가야겠다.

여자는 주립대학에서 관광학을 공부하고 있는 유학생이라고 했다. 그리고 일본인이라고도 했다.

조금씩 제대로 된 대답이 나오자 남자는 안심했다.

계기판 위에 있던 콜라를 마시게 하고 조수석에 앉혔다.

"당신, 휴대전화 가지고 있어? 누구에게 연락을 해야 하지?"

"휴대전화?"

그녀는 어리둥절해했다. '무슨 이야기지?' 하는 표정이다.

아니야, 됐어 하고 남자는 손을 흔들었다.

"하긴 가지고 있었으면 지금 이렇게 트럭을 타고 있지도 않겠지. 어쨌든 가장 가까운 마을에 데려다줄게. 뭐 불편한 게 있으면 말해. 거기 초코바가 있으니까 먹어도 좋아."

정말 고맙습니다, 마을에 도착하면 친구에게 연락할게요 하고 그녀는 정중히 머리를 숙였다.

트럭은 다시 엔진 소리를 높이며 달리기 시작했다.

남자는 기묘한 것을 주운 것 같아 기분이 이상했다.

이렇게 아무것도 없는 대평원 한복판에서 일본인을 태우다니.

새삼 차창 밖으로 펼쳐진 풍경을 흘깃 쳐다보았다.

역시 눈에 보이는 것은 아무것도 없다. 히치하이크 하기에는 너무나 무모하다.

마치 하늘에서 떨어진 것 같아.

남자는 그렇게 생각하다가 말도 안 되는 이야기 같아 슬며시 웃었다.

"……마을을 보았어."

옆자리에서 그녀가 작게 중얼거렸다.

속도를 한껏 높인 트럭의 소음 때문에 그녀의 중얼거리는 목소리가 남자의 귀에 닿지 않았지만 상관없었다.

"많은 것을 봤어. 다 무너진 마을이랑 오래된 마을. 바람이 부는 계곡 아래 동네도 봤어. 피라미드 위의 봉화도, 산길을 달리는 말도, 사람들을 모두 태워버린 불꽃도, 정복자 후예들의 흰 유령도, 석공들도. 정말 너무너무 많이. 나는 봤어. 하늘을 넘어, 산을 넘어. 정말 여러 가지를."

남자는 앞으로 그를 기다리고 있을 소동에 대해 아직 아무것도 모르고 있다. 옆자리에 앉아 있는 아가씨가 이십 년 전에 학교 친구들과 함께 찾은 코훈리치 유적에서 홀연 모습을 감췄고, 그녀가 다니던 대학과 일본의 가족이 수색대까지 보냈다는 것을. 그리고 실종 당시와 똑같은 옷차림에 외모도 전혀 바뀌지 않았음을.

"나는 봤어. 모두에게 말해줘야지."

그녀는 나직하게 중얼거리며 눈앞의 지평선을 바라보았다.

아득한 소실점.

그녀는 보이지 않는 그곳을 가만히 응시했다. 앞으로 향할 곳, 그녀가 이야기를 시작할 그곳을.

그래, 모든 것의 시작인 그곳을.

밤을 넘어

창밖 저멀리 둥근 지평선이 조금씩 밝아졌다.

눈 아래 펼쳐진 울퉁불퉁한 산이 보랏빛 속으로 가라앉고 있다.

곧이어 하얀 빛줄기가 보이고 시야가 점점 밝아진다. 드디어 밤을 추월한 것이다.

매번 느끼는 것이지만 이 광경은 더할 나위 없이 신비롭다.

주위 승객들은 모두 잠들었고, 기내는 굉음 속 정적에 싸여 있다.

나리타成田를 출발한 지 열 시간 정도 지났을까.

통로를 사이에 끼고 옆자리에 앉은 O씨도 완전히 잠에 취해 있다. 눈을 뜨고 있는 사람은 나 혼자인 듯하다. 비행기 안에서 눈을 뜨니 주위의 승객 대부분이 사라지고 창밖에 나타난 괴물과 싸우게 되는 스티븐 킹Stephen King의 소설이 떠올랐다.

지구의 자전 방향을 거슬러 북미로 향하는 비행이 가장 지친다고 하던데, 나는 아메리카 대륙을 밟는 것이 처음인데다 심지어 우리의 최종 목적지는 정반대쪽의 남미다.

비행공포증이 있는 내가 지금 이러고 있는 게 믿기지 않는 상황에서, 설상가상 이것이 열한 번이나 되는 비행 일정의 첫번째라는 사실을 필사적으로 떠올리지 않으려 한다.

여행 직전, 별자릿점에 빠져 있는 지인이 내 운세를 점쳐줬는데, 의외로 무척 잘 맞아서 한바탕 웃고 말았다. 태어난 날, 시간, 장소로 점을 친 결과, 나는 태생적으로 전학생 유형이라는 것이다. 원래는 한 곳에 조용히 박혀 있길 좋아하는 게으른 보수파이지만, 항상 외부의 영향으로 돌아다니거나 멀리 떠나야 하는 운명이라고 한다. 공공의식과 사회성이 부족하다는 것도 맞춰서 또 한번 폭소를 터뜨렸다. 덕분에 마음이 조금 편해졌다. 딱히 점이나 운명 따위를 믿지 않지만 이렇게도 도움이 되는구나 싶어 그 절묘함에 감탄했다.

그럼에도 출발 직전까지 망설였던 것은 부인할 수 없다. 중남미 여행을 제안받고 일 년 가까이 답을 미루다가 결국 새해 들어서야 승낙했다. "다른 적임자가 있으면 제발 그분을……" 하며 소심하게 계속 거절했음에도 끝까지 대타를 보내지 않은 NHK출판의 K씨를 용기 있다고 해야 할지, 무모하다고 해야 할지(아마도 후자일 것이다).

그리하여 내가 십칠 일간이나 자리를 비운다는 사실을 출발 직전까지 알지 못했던 여러 출판사 편집자들의 폭풍과도 같은 원성을 슬그머니 뚫고, 3월 3일 히나마쓰리(雛祭り, 여자아이가 있는 집에서 전통 인형 '히나닌교'를 장식하고, 복숭아꽃과 단술 등을 바쳐 아이의 안녕을 기원하는 축제—옮긴이) 날에 일본을 떠나 이렇게 밤을 넘어 먼 아메리카 대륙으로 향하고 있다.

'빛바랜 보석'으로 떠나는 여행

이 제목을 떠올린 것은 O씨와 시부야渋谷의 어느 바에서 술을 마실 때였다.

이번 책을 만드는 데 촬영팀으로 동행한 NHK방송 프로듀서 O씨는 나와 나이 차가 한 살밖에 나지 않는데다 이바라키茨城 현의 고등학교를 나와 와세다 대학에 들어간 것까지 같아 친근감에 몇 번 술을 함께 마셨다.

〈NHK 스페셜〉이라는 프로그램에서 마야와 잉카를 중심으로 한 중남미 문명 시리즈를 방송하면서, 방송에서 소개한 미라 등을 국립과학박물관에 전시하고 더불어 책도 세 권 만들기로 했다. 그 책에 실을 여행기를 내가 쓰게 된 연유는 이 프로그램의 책임 프로듀서 O씨가 과테말라를 배경으로 한 『위와 밖』이라는 내 모험소설을 읽었기 때문이다.

『위와 밖』에는 마야 문명의 피라미드와 지하도시, 지하수로 등이 나오는데, 관련 자료와 상상력만으로 쓴데다 당시 읽었던 자료의 내용도 이제는 까맣게 잊어버렸다.

물론 어린 시절부터 SF나 괴기소설, 미스터리물에 빠져 있었던 사람이라면 마야나 잉카 문명은 만화나 영화, 소설을 통해 수없이 접하게 되는 익숙한 미스터리 주제다. 이들에게 나스카 평원 지상 그림은 당연히 우주인을 유도하기 위한 것이고, 천문학에 밝은 마야족은 우주선을 타고 온 사람들이었다.

데즈카 오사무(手塚治虫, 『우주소년 아톰』의 만화가—옮긴이)의 단편 만화 중에 아스테카Azteca 왕국에서 산 제물이 되는 소녀 이야기가 있다. 소녀는 목이 잘리기 직전에 "앞으로 십 년만 더 살고 싶습니다. 평범한 사람과 결혼해서 아이를 낳아 행복한 가정을 꾸려보고…… 그러고 나서 죽게 해주세요"라고 빌었다. 결국 소원이 받아들여져 이 소녀는 기억을 잃어버린 채 일본인의 딸로 태어나 한 남자와 결혼을 하고 아이까지 낳아 원하던 대로 십 년을 보낸다. 그리고 십 년째 되는 날 가족 앞에서 홀연히 사라지는데, 정신을 차려보니 아스테카 신전에서 목이 잘리고 있더라는 내용이다.

세계적인 베스트셀러 『신의 지문』이라는 논픽션(?)도 생생히 떠오른다. 지축의 이동으로 이미 인류가 몇 번이나 멸망했다는 설을 제기하면서, 세계 각지에 남아 있는 다양한 고대유적을 그 증거로 들고 있는 책이다.

이처럼 나는 마야나 잉카를 소설의 소재로 쓸 망상거리 정도로 여겼는데, 여행 전에 소개받은 자료와 최근 연구 서적을 읽어보니 제법 많은 사실이 해명되어 있어서 놀랐다. 마야 문명은 밀림 속에 돌연 나타난 것이 아니며, 마야족 역시 갑자기 사라진 것이 아니었다. 신비의 공중 도시라고 불리는 마추픽추도 땅에서 솟거나 하늘에서 떨어진 것이 아니라, 잉카의 상당히 잘 정비된 사회 인프라를 잇는 합리적인 도시였던 모양이다.

그리고 나는 O씨와 술을 홀짝이며 결국 '잃어버린 문명'이라고 결정된 이 시리즈의 제목으로 달리 더 적절한 말이 없는지 고심했다. 마야, 잉카, 아스테카는 각기 다른 문명이지만, 이들 중남미 문명을 통칭할 수 있는 말. 우리는 더할 나위 없이 진지하게 생각했지만 옆자리 사람들에게는 취해서 멍하니 있는 것처럼 보였을 게다.

그때 불현듯 내 머리에 떠오른 것이 '빛바랜 보석'이라는 문구였다.

고등학교 국어 교과서에 실렸던 니시와키 준사부로西脇順三郎의 시 한 구절이다. 제목은 '천기天氣'였다. 이 문구가 존 키츠John Keats의 시 「엔디미온Endymion」에서 인용되었다는 사실을 야마기시 료코山岸凉子의 소녀만화『메타모르포시스 전』을 통해 알게 되었지만, 아무튼 기억 저편에 봉인해두었던 문구가 세월을 뛰어넘어 알코올로 혼탁해진 뇌 깊은 곳에서 갑자기 떠올랐던 것이다.

생각해보니 중남미 고대유적과 더할 나위 없이 잘 어울린다.

저마다의 기술로 서로 다른 광채를 내뿜던 문명이 식민지주의와 가돌릭으로 인해 획일화되면서 한 가지 색으로 덧칠되어가는 모습은, 보석을 다듬어지기 전 상태로 되돌려 그 지금地金에 돌을 차곡차곡 박아넣는 꼴과 비슷하지 않을까.

그렇게 느껴졌다.

결국 프로그램 제목으로 채택되지는 않았지만, 나는 이 문구를 내 여행기에 넣기로 했다.

원래 나는 제목이 정해지지 않으면 글을 쓰지 못한다. 프로그램과 관련된 책과는 별도로 여행기를 써보자는 제안을 받았을 때도 가장 먼저 제목을 생각했다. 그것이 '메갈로마니아megalomania'(과대망상에서 고대 망상을 연상시키려는 의도)였는데 너무나 막연해서 부제라고 해야 할지, 아무튼 주제가 필요했다(일본어의 과대誇大와 고대古代는 발음이 같다. 따라서 메갈로마니아, 즉 과대망상을 떠올리면서 음운적으로 고대망상을 함께 연상하도록 의도한 것이다—옮긴이).

집으로 돌아온 나는 이 여행을 위해 준비한 노트 첫 페이지에 '빛바랜 보석'으로 떠나는 여행, 이라고 적었다.

고지의 멕시코시티

처음 밟은 아메리카 대륙은 싱거웠고, 로스앤젤레스 국제공항은 바짝 말라 있었다.

겨우 도착했다고 안심한 것도 잠시, 바로 멕시코시티행 비행기로 갈아타지 않으면 안 된다. 로스앤젤레스는 맑은 날씨에 습도까지 낮아서 짧은 거리를 이동하는데도 눈이 빡빡했다.

이렇게 날씨가 좋은 곳에서 항상 구깃구깃한 레인코트를 입었던 콜롬보 형사는 역시 상당히 기이한 인물이었구나 하는 것이 로스앤젤레스의 경찰차를 보며 가장 먼저 떠올린 미국에 대한 나의 감상이었다. 본디 콜롬보 자체가 미국 서부의 인물로 보이지 않는다. 남편에게 그런 옷을 입힌 콜롬보 '부인' 역시 남편보다 한 수 위의 기인임에 틀림없다. 그래서 사람들 앞에 나서지 못했던 것이다.

단지 환승만 하는데도 이유 여하를 막론하고 홍채와 지문을 등록해야 하는 것은 납득할 수 없었지만 이곳은 아메리카 제국이니 도리가 없다.

다시 멕시코시티까지 수 시간.

승객을 가루로 만들려는 듯 심하게 흔들리는 비행기 때문에 무서운 것을 넘어 기분마저 상했는데, 그런 요동 따윈 안중에도 없이 바로 옆에서 승무원과 승객 셋이 선 채로 숨도 안 쉬고 큰 소리로 몇 시간이나 떠드는 바람에 완전히 지쳐버렸다.

멕시코시티에 무사히 도착했을 때는 안도한 나머지 울음이 터질 지경이었지만, 여기서 또 한 번 비야에르모사Villahermosa까지 가는 비행이 남아 있다. 이제 한 번만 더 타면 다음 한 주 동안은 비행 일정이 없다, 앞으로 한 시간, 딱 한 시간이다라고 필사적으로 스스로를 타일렀다.

O씨도 그다지 비행기를 좋아하지 않는지, 우리 둘은 완전히 얼이 빠져 공항 카페에 풀썩 주저앉아버렸다. 그러나 여기서 너무 꾸물댄 데다 입국심사가 생각지도 않게 오래 걸렸고, 공항이 믿기 어려울 정도로 좁고 길어서 결국 탑승구를 향해 전력 질주해야 하는 상황이 되고 말았다. 급기야 현지에서 합류한 안내자 겸 통역사인 S씨가 먼저 가서 비행기를 잡아놓는, 너무나 부끄러운 사태가 벌어졌다.

멕시코 사람이 마라톤이나 축구에 강한 이유가 고지대에 살기 때문이라는 것을 온몸으로 실감했다. 우리들은 공항 청사를 가로지르는 것만으로도 당장 숨이 끊어질 것 같았고, 결국은 만신창이가 되어 비행기에 올라탔다.

멕시코 미녀 승무원의 설명을 들으며 (검은 생머리의 눈에 띄는 라틴계 미인이었다. 이번 여행에서 본 많은 라틴계 미인들 중에서도 1,2위를 다툴 정도였다) 비야에르모사로 날아갔다.

생각해보니 대도시 위를 나는 야간비행은 처음이다. 창밖으로 무척이나 아름다운 광경이 펼쳐졌다. 멕시코시티는 완벽한 바둑판 눈금 모양의 대도시다. 눈 아래로 선명한 그물 모양의 빛이 서서히 멀어졌다. 영화 〈미지와의 조우〉에서 우주 항공모함이 멀어져가는 모습을 마치 거꾸로 보는 것 같은 꽤 인상적인 광경이다.

그물눈은 점점 작아져 작은 사각형이 되더니 결국 사라졌다.

비야에르모사의 밤

덜커덩덜커덩 둔한 소리를 내며 고무 커튼 사이로 여행가방이 나왔을 때는 정말로 마음이 놓였다. 환승할 때 내가 가장 두려워하는 것이 도중에 짐을 잃어버리는 일이기 때문이다.

작고 아늑한 공항에 미지근한 바람이 불었다. 그 바람의 감촉에서 먼 곳까지 왔구나 하는 사실을 실감했다.

이곳에서 운전을 해줄 멕시코인 C씨와 합류했다. 유카탄Yucatan 반도 출신인 그는 마야어를 구사할 수 있다고 한다. 땅딸막한 키에 몸매가 다부지고, 과묵하지만 웃을 땐 애교가 넘친다. 원래는 큰 관광회사에서 버스 운전을 했다고 한다. 우리는 배려심 넘치고 든든하며 운전 실력까지 뛰어난 C씨와, 멕시코인과 결혼해 일본 기업에서 통역과 번역 일을 하는 현모양처상의 S씨가 최강의 콤비라는 사실을 얼마 안가 알 수 있었다.

빨간 쉐보레에 짐을 싣고 어둠의 밑바닥을 달려 호텔로 향했다.

농밀한 밤.

더운 나라에서는 으레 식사는 밖에서 하는 것으로 정해져 있다. 어슴푸레한 도로변에 늘어서 있는 테이블마다 사람들이 제각기 저녁을 즐기고 있다. 모두 어둠 따윈 개의치 않는다. 하긴 어차피 저녁은 어두운 것이니까.

그러나 우리가 묵는 외국계 체인 호텔은 환하다. 도로 건너편 별관의 레스토랑에선 뱃속을 울리는 중저음의 베이스 소리가 흘러나오고, 젊은이들의 교성이 드높다. 그렇다고 히나마쓰리를 축하하고 있는 것은 아닌 듯하다.

호텔 레스토랑에서 회의를 겸해 가볍게 저녁식사를 했다. 기내식을 과하게 먹은 터라 치킨 샐러드만 주문했는데 야채와 닭이 모두 질긴 데다 양도 엄청 많아서 다 먹을 수가 없었다.

유리로 된 엘리베이터가 뿌옇게 흐려 있다. 유리 너머 풀숲에서 숨이 막힐 듯한 훈김이 넘쳐난다.

밀림의 나라에 왔다.

그렇게 입속으로 중얼거리면서 목욕을 하고, 드라이어가 고장난 바람에 아무렇게나 침대에 앉아 머리가 마르길 기다렸다. 방안에 걸려 있는 팔렌케Palenque 유적의 그림을 보며 저멀리 소란스러운 젊은이들의 목소리를 멍하니 들었다. 몸은 녹초가 되었으나 좀처럼 잠이 오지 않는다.

내일은 드디어 마야 피라미드를 볼 수 있다.

이런 생각을 하니 몸이 버석거리고, 잠들지 못하는 밤은 더욱 깊어만 간다.

사라진 문명

몇 년을 주기로 고대사 유행이 돌아오지만, 내가 최초로 기억하는 것은 나라奈良의 다카마쓰즈카高松塚 고분(1972년에 발굴된 아스카明日香 시대를 대표하는 고분—옮긴이)의 발견이다. 풍만한 고대 미녀를 화려하게 그린 석실 벽화가 화보잡지 표지를 장식했고, 전국에서 아스카로 관광객이 밀려들었다. 최근에는 아오모리青森 현의 산나이마루야마三內丸山 유적이 새롭게 주목받고 있다.

한편 이와는 별도로 나 같은 SF·괴기소설 마니아 사이에는 '믿거나 말거나 설'의 계보라는 것이 있다. 예를 들면 '지구 한가운데가 뻥 뚫려 있어 그곳에서 UFO가 날아온다'거나, '나스카 지상 그림은 우주인을 유도하기 위한 것'이라는 이야기가 대표적이다. 물론 학계에서는 철저히 무시하는 것들이다. 나는 무Mu 대륙이나 아틀란티스 대륙 전설에 푹 빠져 있었고, 수정해골을 비롯해 오파츠(OOPARTS, Out-Of-Place Artifacts의 약자—옮긴이)라 불리는 '그 시대에 나타날 수 없는' 유물에도 흥미가 있었다. 초등학생 시절에는 이마에 제3의 눈을 가진 소년이 고대사의 수수께끼를 차례차례 풀어가는 데즈카 오사무의 만화 『세눈박이 나가신다』나 모리모토 데쓰로森本哲郞의 기행문을 탐독한 뒤, 이스터 섬에 날개를 가진 '조인鳥人'이 나타난다는 괴기만화를 그리기도 했다.

그리고 또하나 획기적이었던 것이 1974년부터 1년간 방송되었던 NHK TV 프로그램 〈미래에의 유산〉이다. 전 세계 유물을 통해 인류의 궤적을 추적하는 시리즈로, 이스터 섬의 모아이나 페르세폴리스(이란 남서부에 있는 고대 아케메네스 왕조의 수도—옮긴이)의 영상에서 강렬한 인상을 받았다. DVD가 발매되자마자 바로 구입했는데, 지금 봐도 여전히 참신하다. 뿐만 아니라 현재 세계유산에 등재된 장소를 망라하고 있어 귀중한 영상도 많다. 명 프로듀서인 요시다 나오야吉田直哉의 미의식으로 점철된 냉철하면서도 시적인 영상과, 다케미쓰 도루武満徹의 신비한 주제곡도 마음을 사로잡는다.

그중에서도 마야, 잉카, 아스테카 같은 중남미 고대문명은 내게 화려한 스타였다. 고도의 천문학 지식과 유례없이 정확한 달력을 비롯해 완성된 문자 체계와 숫자 0의 개념까지 갖추고 있었던 마야. 면도날 하나 들어갈 틈 없는 멋진 석조 기술로 다양한 건축물을 쌓아올리고, 황금으로 둘러싸인 도시에 황제가 군림했던 잉카. 태양신을 숭배하고 산 사람을 제물로 바쳤던 용감한 아스테카. 잔혹함과 세련미를 겸비한 신비의 민족, 그리고 미지의 문명. 돌연 역사의 무대에서 모습을 감춘 미스터리한 사람들. 어렸을 때 떠올린 이미지는 이런 것들이었다.

그러나 최근 연구가 진행되면서 예전에 떠올렸던 이미지가 하나둘씩 깨지고 있다. 기실 교과서에서 배운 4대 문명부터가 괴이하기 짝이 없다. 산나이마루야마 유적의 발굴로 인해 조몬縄文 시대(1만 2천 년에서 1만 3천 년 사이에 시작된 일본의 신석기시대—옮긴이)에 대해 잘못 알려진 이미지가 바뀐 것처럼, 일본에서조차 '조몬은 수렵과 채집', '야요이는 벼농사' 같은 고정적인 분류 방식이 의미를 잃었다. 또한 4대 문명 외에도 독자적인 문화를 가진 문명이 세계 각지에 다수 존재했다는 사실도 속속 밝혀지고 있다.

우리들이 살고 있는 세계를 봐도 언제부터 언제까지가 무슨 시대, 어디에서 어디까지가 무슨 문화권과 같이 정확히 나누는 것이 불가능하다. 인간이나 사물, 정보가 왕래하면 서로 영향을 받는 것은 당연하고, 문명의 시작과 종언을 특정 짓는 일이 그리 간단치 않기 때문이다.

마야 문명, 잉카 문명, 아스테카 문명, 안데스 문명.

이들은 현대인의 상상력을 끊임없이 자극하는 고대문명으로, 각각의 면면을 총칭한 개념이라 한마디로 설명하는 것은 도저히 불가능하다.

예를 들어 마야 문명을 보자. 본디 '마야'라는 말은 지리적으로 유카탄 반도를 포함한 멕시코 남부에서 과테말라, 벨리즈, 온두라스 일부에 이르는 영역을 가리키며, 민족학적으로도 특정 부족이 아닌 마야어족에 속하는 약 서른 종의 언어를 사용하는 선주민을 뭉뚱그려 부르는 말이다.

아스테카 문명은 시기적으로 마야 문명과 겹치지만 지리적으로는 유카탄 반도보다 서쪽에 위치한 현재 멕시코의 중앙부에서 번성했다. 그것도 원래부터 이 땅에 있던 톨테카Tolteca 문화를 중심으로 주변 마을을 삼키며 확대된 것이다. 엄청나게 거대한 '태양의 피라미드'와 '달의 피라미드'로 유명한 테오티우아칸Teotihuacan 유적은 아스테카 문화권에 포함되므로 마야 피라미드와는 기원이나 성격 면에서 차이가 있다.

잉카는 어떨까? 잉카 문명의 영역과 안데스 문명의 영역도 겹친다. 고대 안데스 문명이라는 것은 오늘날 페루를 중심으로 기원전 1천 년경부터 16세기까지 존속했던 여러 문화를 통틀어서 부르는 말이다. 이 지역은 지형이 복잡해서 각 영역이 세밀하게 나뉘어 있고, 북부와 남부도 서로 특징이 다르며, 해안지역이나 고지대에 따라서도 사용했던 토기 종류가 상당히 다양하고 풍부하다.

잉카 제국은 이들 문화를 통합해 쿠스코Cuzco를 우주의 중심으로 삼고, 15세기부터 16세기에 걸쳐 광대한 영역에 건설된 대제국이다. 잉카 문명이란 안데스 문명이 내포하던 여러 문화의 기술을 계승하고 종합한 것이다.

어쨌든 아메리카 대륙의 남북을 잇는 다리 부분인 메소아메리카에 이렇게나 동시다

발적으로 다종다양한 문명이 발생한 것은 매우 놀라운 일이다. 그런데 이미 이들 문명의 모태가 되는 고대문명이 기원전 1200년부터 기원전 400년에 걸쳐 멕시코 만 저지대에서 번성하고 있었다.

바로 올메카 문명이다.

모태 올메카 문명

팔렌케를 향해 죽 뻗은 간선도로를 달리는 내내 하늘은 구름이 잔뜩 껴 먹물을 흘려놓은 듯 검게 내려앉아 있다.

예년 같으면 3월 초인 지금은 건기로, 한 점 구름도 없는 청명한 하늘이 펼쳐져 있어야 할 때지만, 올해는 구름이 많고 비까지 내린다고 한다. 역시 '지구온난화'만으로는 설명할 수 없는 뭔가가 일어나고 있는 것은 아닐까? 날씨가 변덕스러운 일본에서 오다보니 멕시코의 푸른 하늘을 한껏 기대했건만. 이때까지만 해도 흐린 날씨가 얼마나 고마운지 몰랐던 것이다. 운전수 C씨가 "이런 날씨가 계속되면 좋을 텐데"라고 중얼거릴 때 예상했어야 했다.

아침 일찍부터 호텔 근처에 있는 라벤타La Venta 유적공원에서 캘리포니아 출신의 고고학자 크리스토퍼 박사와 합류했다. 박사는 팔렌케 유적 발굴 전문가이지만, 마야 문명의 모태라고도 할 수 있는 메소아메리카에서 탄생한 올메카 문명에도 밝아서 한차례 설명을 들을 수 있었다.

라벤타 유적공원은 이름에서도 알 수 있듯이 하나의 유적이 아니라, 각지에서 출토된 올메카 문명의 비석이나 도구 등을 모아 개략적으로 이해할 수 있도록 공원 내에 배치한 곳으로, 가까이에 동물원과 놀이기구도 있어서 시민들의 쉼터가 되고 있다.

순서상 올메카 문명을 첫번째로 공부하는 것이 옳았다. 메소아메리카에 동시다발적으로 다양한 문명이 탄생한 것은 불가사의한 일이지만, 그 근본에 올메카 문명이 있었고 그 모티프를 여러 곳에서 계승했다고 볼 수 있기 때문이다.

신기한 것은 그 모티프가 마야나 아스테카 같은 중미 문명만이 아니라 중국이나 중동처럼 실로 전 세계적인 문화권을 연상시킨다는 점이다. 바로 이곳이 모든 문명의 모태이자 이곳에서 시작된 문명이 메소아메리카를 비롯해 전 세계로 흩어진 것이 아닐까 생각하니 매우 흥분된다.

수수께끼로 둘러싸인 올메카 문명은 아직 그 전모에 대해 밝혀진 바가 거의 없다. 습지대에서 탄생했기 때문에 인골이 한 구도 나오지 않은 탓도 크다. 각지에서 출토된 공예품도 대부분 애호가의 개인 소장품이 되어버려 보기 어려워졌다. 크리스토퍼 박사가 그동안 꾸준히 촬영해온 개인 소장품 사진을 보여줬다. 세련미 넘치는 유물 하나하나에 다들 놀라지 않을 수 없었다.

비취(엄밀하게는 진짜 비취가 아니라 비취와 비슷한 다른 광석인 듯하다)를 세공해서 만든 인형이 멋지다. 곡예 자세를 하고 있는 아이(중국 도자기에서 흔히 볼 수 있는 아이 모티프와 판박이다), 비취 재규어, 비취 신선(으로 보인다). 정밀하고 아름다운 선과 뛰어난 관찰력이 돋보이는 생생한 표현에서 인간적이면서도 풍부한 감성이 넘쳐났다.

분명 이 정도라면 누구든 갖고 싶고 곁에 두고 싶다는 유혹에 사로잡힐 터, 좀처럼 외부에 공개되지 않는 것도 무리는 아니다.

본디 고고학 발굴이라는 것이 부유한 후원자가 있어서 "발굴 비용은 모두 대줄 테니 무엇이든 나오면 내게 건네라"는 식의 거래를 통해 시작되는 경우가 많다. 지금이야 유적은 국민, 아니 인류의 문화적 재산이라는 사고방식이 일반적이지만, 멕시코처럼 대농장주 같은 엄청난 재력가 계층이 아직 실권을 잡고 있는 나라에서는 '내 집 정원의 유적은 나의 것'이라는 생각이 남아 있는 모양이다. 심지어 대규모 농원의 지주 중에는 마야의 피라미드를 통째로 소유한 사람도 있는데, 국가의 조사나 보호를 완고하게 거부하고 있다고 한다.

라벤타 유적공원을 나와 자동차로 두 시간가량 계속 남쪽으로 달렸다. 멕시코 하면 마리아치와 타코스와 사막과 선인장의 이미지가 먼저 떠오르건만 웬일인지 차창 너머로 펼쳐지는 것은 목초지와 숲뿐, 일본의 시골 풍경과 그리 다르지 않다. 단지 차이가 있다면 그 목초지가 터무니없이 넓어서 달려도 달려도 평탄한 풍경이 끝없이 이어진다는 것이다.

다른 나라에 가면 흥미롭게 눈여겨보는 것 중 하나가 송전탑 디자인이다. 말이 나왔으니 얘기를 하자면 맨홀, 스쿨존 표지판, 맥주 라벨은 보이는 대로 반드시 사진을 찍어둔다.

이때도 잇따라 보이는 송전탑을 찍기 위해 애썼건만 좀처럼 좋은 컷이 나오지 않았다.

O씨는 옆에서 잠들어 있다. 촬영 관계자라는 사람들은 무언가에 타기만 하면 순식간에 잠이 든다. O씨 외에도 촬영 일을 하는 몇 사람을 알고 있는데, 그들도 틈틈이 잠을 잔다. 택시로 이동하는 짧은 와중에도 문득 옆을 보면 이미 잠에 빠져 있다. '이동 시간이 곧 휴식'이라는 공식이 몸에 밴 것이다. 일단 촬영이 시작되면 체력으로 승부를 봐야 하기 때문이다.

사실 나는 이동하는 시간이 가장 즐겁다. 특히 몇 시간을 달려도 풍경이 변함없는 대평원을 달릴 때 가장 행복하다. 요사이 자각한 것이 있는데, 아무래도 나는 평원 페티시스트fetishist인 모양이다. 스페인의 대평원이나 터키의 대평원처럼 아무것도 없는 지평선을 몇 시간이고 바라보고 있노라면 더없는 쾌감이 느껴진다. 그저 즐겁기만 할 뿐 전혀 질리지 않는다.

두 시간가량 달려 점심때가 조금 지나 팔렌케에 도착했다. 그러나 하늘은 완전히 캄캄해져서 식사를 마치고 유적에 들어갈 때는 비까지 내리기 시작했다.

빗속의 팔렌케

유적지 입구에는 특산품 가게가 늘어서 있고, 세계 각지에서 온 관광객들이 색색의 비옷을 입고 있어 마치 컬러풀한 데루테루보즈(照る照る坊主, 비가 그치기를 빌며 처마 끝에 매다는 종이 인형으로, 비옷을 입고 있다—옮긴이)가 줄줄이 걸어가는 것만 같다. 포장되지 않은 길에 비까지 오니 주위는 완전히 진창이 되었다.

세계유산으로 지정된 팔렌케는 7세기에 전성기를 누리며 약 팔백 년간이나 번창했던 후고전기Post-Classical Period 마야의 대표적인 유적이다.

울창한 숲을 빠져나오자 오싹오싹하니 분위기가 괴이하다. 정글 위로 낮게 깔린 새까만 구름이 과도하게 분위기를 조성하는 무대장치 같다.

그런 가운데 전방에 불쑥 나타난 한 무리의 거무스름한 석조 신전은 호러영화 오프닝에 딱 어울리는 광경이다.

마야 선축 특유의 직사각형 석단이 보인다. 정면 계단은 경사가 급해서 거의 수직에 가깝게 느껴진다. 마야 신전의 지붕은 억새로 엮은 경우가 많지만 이곳은 석조 지붕이다.

가장 특징적인 것은 일부러 약간 비스듬히 만들어 금성을 관측하기 쉽게 했다는 사층탑이다. 석조임에도 무척이나 생생하다.

이것이 첫인상이었다. 마치 늙은 거북이나 수백 년 된 노목 같았다. 살아 있다. 늙기는 했지만 아직 호흡하고 있다. 몸속 저 깊은 곳에서 아직 심장이 고동치고 있다. 그런 느낌이었다.

비의 기세가 격해지면서 분위기가 한층 더 으스스해졌으나 크리스토퍼 박사는 아랑곳하지 않고 설명에 열을 올렸다. 그는 우주고고학과 천문고고학에 관심이 많은지, 하지나 동지 같은 특정한 날에 태양이 북쪽 그룹Grupo Norte이라 불리는 신전 무리를 어떻게 지나가는지 자신의 지론을 순서대로 설명했다.

재미있는 것은 마야 건축에는 기존의 건축물을 증축하거나, 통치자가 바뀔 때마다 새로 신전을 짓는 두 가지 유형이 있는데, 팔렌케는 새로 지어진 신전임에도 동지에는 선왕의 신전부터 순서대로 내부의 옥좌 부분까지 빛이 닿게 되어 있다는 것이다.

어쨌든 마야 유적을 돌면서 느낀 것은 그들이 얼마나 우주 쇼에 열심이었는가 하는 점과 춘분과 추분, 하지와 동지 같은 날이 얼마나 중요했는가 하는 점이었다. 그중에서도 특히 금성의 역할을 특별하게 여겨 그 위치에 따라 전쟁 일정을 정했다고 할 정도니, 가히 마야는 태양과 별의 문명이었다.

이곳 팔렌케에는, 괴기소설 마니아 사이에서 꽤나 유명한 '우주선을 조작하는 마야 신관神官'의 부조浮彫가 있는 걸로 알려져 있다. 확실히 레버 같은 것을 조작하는 듯한 형상이라 공상의 여지가 얼마든지 있는 데다, 실제로 이렇게 밀림 속에 치솟은 신전 사이를 걷고 있으니 당장이라도 서쪽 하늘에서 뭔가가 날아올 것 같은, 그런 기분이 든다.

영화 〈스타워즈〉에 과테말라 최대의 마야 유적 티칼Tikal이 등장하는 것은 널리 알려진 사실이지만, 실제로 밀림 속에 솟아 있는 피라미드와 '나는 물체'는 꽤 궁합이 잘 맞는 듯하다.

스티븐 스필버그 감독의 〈미지와의 조우〉를 본 것이 중학생 때였는데, 존 윌리엄스의 멋진 음악과 더불어 강렬한 인상을 받았었다. 그 이미지가 몸속 깊숙이 스며들어 있다가 이렇게 하늘이 드넓게 펼쳐진 곳에 오면 우주 항공모함이 내려오는 모습이 반사적으로 눈앞에 떠오른다.

하늘 저편에서 무언가가 다가온다. 거대한 존재가 그 모습을 드러내면서 우리 위로 강림한다.

어쩌면 이런 이미지는 인간의 유전자 속에 근원적으로 각인되어 있어서, 인류 대대로 내려오는 태곳적 기억 혹은 자손에게 전하는 아득한 예감으로서 건축물이나 영상물을 통해 되풀이해 확인하는 것인지도 모르겠다.

제등의 기억

팔렌케에서 마야 피라미드와 처음 마주하고 받은 강렬한 인상을 간직한 채 산장에 도착했을 때도 여전히 비는 격하게 내렸다.

우리는 크리스토퍼 박사와 헤어진 후 식사를 했다. 야외 레스토랑이라 빗소리가 시끄러워 말소리도 좀처럼 들리지 않는다.

중년의 게이 커플이 사이좋게 파르페 하나를 나눠 먹는 모습을 보면서 '아, 그렇지. 멕시코는 예나 지금이나 연인들이 바캉스를 즐기기 좋은 나라지' 하고 생각했다. 로맨틱한 산장, 수영장과 파란 하늘, 원색 과일이 들어 있는 칵테일. 온종일 애인과 빈둥빈둥 게으른 하루를 보내기에 더할 나위 없이 좋은 곳이다.

그러나 일하러 온 우리에겐 그럴 시간이 없다. 내일 아침 출발은 새벽 여섯시. 어두컴컴할 때 길을 나서서 대이동을 해야 하므로 저녁을 먹고 서둘러 각자의 방으로 흩어졌다.

식사중에 눈에 띈 것은 레스토랑 천장에 달린 제등 모양의 조명이었다. 별사탕을 뾰족하게 다듬은 것 같은 디자인이 눈길을 끈다. 무엇인지 물어보니 이곳에서 흔히 볼 수 있는 모양으로, 베들레헴의 별을 나타낸 것이라는 둥, 일곱 가지 대죄를 의미하는 것이라는 둥 몇 가지 설이 있다고 한다.

이것에 눈길이 간 이유는 기후岐阜 현 구조하치만郡上八幡에서 몇 개월에 걸쳐 열리는 구조오도리(郡上おどり, 구조하치만 지역에서 매년 7월 중순부터 9월 초순까지 벌이는 가무 축제—옮긴이) 기간 동안 마을 거리에 걸리는 제등과 완전히 똑같은 모양이었기 때문이다. 작년에 내가 방문했을 때 마침 축제가 끝나 제등을 내리려는 참이어서 가까이에서 자세히 볼 수 있었다.

사실 나는 구조하치만 같은 마을을 무대로 우주비행사를 꿈꾸는 소년 소녀의 이야기를 쓰려던 참이었다. 구조하치만은 산골 강가에 위치한 조용한 마을로, 물이 깨끗하기로 유명하며 드물게 옛 일본의 정취가 짙게 남아 있는 곳이다. 나는 가파르고 험준한 산 틈새로 보이는 하늘에서 별이 떨어지는 장면을 떠올렸는데, 역시 고대에 이 마을에도 무언가 강림했던 것이 아닐까?

산장에서

하얀 벽으로 둘러싸인 산장으로 들어가 신발을 말리고 짐을 정리했다.

이틀째 밤.

여전히 비는 쏴아쏴아 내려 비의 우리 속에 꼼짝없이 갇힌 느낌이다.

커피테이블에 앉아 뭔가 써보려 했으나 머릿속이 온갖 이미지로 꽉꽉 들어차서 고작 봤거나 생각했던 단편적인 것들을 떠오르는 대로 적어두는 것이 전부다. 제대로 된 문장은 도저히 써질 것 같지가 않다. 다만 지금 메모라도 해두지 않으면 나중에 순서가 뒤죽박죽될 것이 불 보듯 뻔하기 때문에 오늘 일을 짤막하게만 적어둔다.

여기에 더해 의지할 수 있는 것이 사진이다. 취재차 여행을 간 경우에는 무조건 사진을 많이 찍는다. 메모를 대신해 나중에 기억을 되살리는 데 중요한 실마리가 되기 때문이다.

이때 나는 주위 사람들이 모두 디지털카메라를 사는 걸 본체만체하고 고집스럽게 APS 필름을 사용하고 있었다. 요사이 APS 필름이라고 하면 "뭐?" 하고 되묻는 사람이 적지 않다. 캐논의 '익시IXY'라는 기종을 사용하는 사람조차 원래 익시가 APS 필름 전용 카메라였다는 사실을 전혀 모르는 것이 아닐까.

기존의 필름과 메모리카드의 중간 다리 역할을 한 APS 필름은 겉보기에는 필름이지만 실제 방식은 디지털로, 조작이 간단하면서도 획기적이었다. 그러나 오래 버티지 못하고 순식간에 디지털카메라에 밀려났다. 하지만 내 것은 아직 고장나지 않아서 충분히 사용할 수 있었고 전지도 오래가서 특히 장기 여행을 다닐 때 애용했었다. 그리하여 이번 중남미 여행에도 대량의 APS 필름을 가져갔던 것이다.

그러나!

평소와 다름없이 귀국 후 단골 사진현상소에 필름을 맡겼는데 다음날 직원에게 전화가 걸려왔다. "필름이 다 타버렸습니다"라며 안타까운 소식을 전하는 것이 아닌가.

분명 들은 적이 있다. 공항에서 짐 검사를 할 때 나오는 엑스선에 노출되면 필름이 타버린다는 도시괴담 같은 소문을. 그러나 설마 21세기에 그 소문을 직접 검증하게 될 줄은 꿈에도 생각지 못했다.

돌이켜보니 몇 차례 해외여행을 가면서 여행가방에 APS 필름을 넣어 가긴 했지만 공항을 거친 건 기껏해야 네 번 정도에 불과했기 때문에 대개는 큰 영향이 없었다. 그러나 이번엔 무려 열한 번이나 비행기를 탔고, 심지어 몇 번이나 철저하게 검색을 당했으니 예전과는 비교할 수 없는 양의 엑스선을 쏘였을 것이다.

현상된 필름을 보니 대부분이 새까만 암흑이다. 가뭄에 콩 나듯 간신히 보이는 것도 8밀리 필름으로 찍은 것처럼 먼지가 잔뜩 끼어 이상했고, 개중에 몇 장은 재미있는 효과를 낸 것처럼 보이기도 했지만 대개는 전혀 쓸 수가 없었다.

충격을 받기는 했지만 마침 NHK출판의 K씨가 디지털카메라 한 대를 빌려준 덕분에 따로 사진을 찍어두었던 것이 천만다행이었다.

어떤 일을 할 때는 이중으로 준비를 하거나 대안을 마련해두는 것이 얼마나 중요한지 깨달은 여행이다.

중남미를 취재하고 돌아와 내가 가장 먼저 한 일은 디지털카메라를 사러 간 것이었다.

프롤로그 2

1987년 멕시코 코훈리치 유적

습한 바람에서 비 냄새가 났다.

하늘은 옅은 먹빛으로 잔뜩 흐리고 흘러가는 구름은 시시각각 표정을 바꿨다.

"비가 오려나."

"이 계절에 흔치 않은 일인데."

맨 앞에서 걷던 카를로스와 마리오가 하늘을 보며 중얼거렸다.

나란히 숲속 외길을 걷는 학생 열 명의 옷차림이 모두 가볍다. 킨타나로오 주립대학 관광학과에 다니는 그들은 나이와 국적이 모두 제각각이다. 학기중에 잠시 짬을 내 기분전환 겸 멕시코 관광지나 마야 문명 유적지로 실습을 하러 나온다. 오늘도 몇 번씩 차를 갈아타고 유카탄 반도에 있는 마야 유적의 하나인 코훈리치까지 온 것이다.

"때 아닌 폭풍이 올 모양이네."

조금 떨어져서 걷던 작은 몸집의 나오코가 먼 하늘을 보며 중얼거렸다.

"나오코의 일기예보는 잘 맞잖아."

나오코보다 머리가 두 개나 큰 호아나가 동의를 구하듯 일행의 얼굴을 보았다. 모두 고개를 끄덕인다. 나오코는 조용하고 눈에 띄지 않지만 손님 접대 실력이나 관리 능력 모두 흠잡을 데 없이 훌륭하다.

"날씨 변화에 신경을 쓰는 것도 서비스의 일종!"

마리오가 무미건조하게 교과서를 읽는 시늉을 하며 양손을 펼쳐 보였다.

"우리 아버지는 피레네에서 산악 가이드를 하셨어. 산악지대 날씨라면 나도 못지않게 잘 맞추는데 말야."

"나오코, 너는 그걸 어떻게 아는데?"

마리오의 자랑을 받아주자면 이야기가 길어지므로 호아나가 못 들은 척, 나오코의 얼굴을 보았다.

"그냥."

나오코가 웃었다. 나오코의 집은 일본 중부지방 산중에 있는 온천 호텔을 운영하는데, 할아버지는 우산을 만드는 장인이었다고 한다. 일본의 우산은 종이로 만들지만 방수성이 뛰어나단다. 처음 듣는 이야기라 잘 믿기지는 않지만 일본에서는 종이로 집을 만들기도 했다고 하니 뭔가 특별한 기술이 있겠지. 그녀의 할아버지가 항상 날씨를 딱 맞추셨던 모양인지 나오코는 "나는 할아버지에 비하면 아무것도 아냐"라고 한다.

점심때가 다 된 평일의 유적지엔 인적이 없다. 고전기에 계단식으로 설계된 피라미드가 하늘과 똑같이 옅은 먹색을 띠고 밀림에 솟아 있다.

종려나무의 일종인지 키가 큰 대걸레처럼 생긴 나무가 피라미드를 둘러싸듯 끝없이 이어져 있다. 고개를 들어 올려다봐야 할 정도로 높다랗고, 꼭대기에는 사방으로 검은 잎이 무성하게 늘어져 있어서 바람이 불면 스르륵스르륵 흔들린다.

"이거 왠지 기분이 으스스한걸."

카를로스가 머리 위 높은 곳에서 물결치는 나무들을 올려다보았다.

한층 강한 바람이 숲에서 유적 사이로 휭 빠져나간다.

"우아."

호아나가 쓰고 있던 모자를 손으로 눌렀다.

차가운 바람.

문득, 지금 세상에 우리밖에 없는 듯한 착각이 들었다.

달걀의 감촉

아침 다섯시. 비는 여전히 세차게 내리고 주위는 컴컴하다. 이미 떠날 준비를 마쳤지만 내가 코피를 쏟는 바람에 잠시 방안에 머물러야 했다.

한번 해외에 나가려면 출국 전에 적어도 이틀은 꼬박 밤을 새워야 한다. 게다가 그렇게도 질색하는 비행기까지 타는 탓에 현지에 도착해서 한숨 자고 나면 꼭 코피를 쏟고 만다. 피가 몰려서 과열된 머리가 사혈瀉血을 하는 게 아닐까 추측할 뿐이다. 이렇게 코피를 쏟을 바에야 출국 전에 헌혈이라도 했으면 좋았을 텐데. 언제나 이런 생각을 한다. 그러나 대개 출국 전엔 눈코 뜰 새 없이 바쁜 나머지 궁지에 몰린 생쥐 꼴이 되어 헌혈을 생각할 여유가 없다. 나는 피가 짙어서(적혈구가 남성 수준으로 많다고 한다) 헌혈을 하면 다들 좋아할 텐데.

코피가 멈춘 뒤 여행가방을 끌고 빗속의 산장을 나섰다. 물론 이 시간에는 아침을 먹을 수가 없으므로 호텔에서 미리 준비해준 도시락을 차에 싣고 출발한다. 이후에도 계속 이렇게 하루를 시작했다.

도시락에는 대개 땅콩버터를 잔뜩 바른 샌드위치, 사과나 오렌지가 통째로 하나, 시중에서 파는 초콜릿바, 생수가 들어 있다. 간혹 삶은 달걀이 들어 있으면 기분이 좋았는데, 소금이 아니라 토마토케첩이 딸려 있다.

멕시코 대평원을 달리던 때를 떠올리면 삶은 달걀 껍질을 차문에 두들겨 깨던 감촉이 되살아난다. 달걀 껍질이 깨질 때 바삭, 하고 전해지는 그 느낌이 지금도 손바닥에 생생하게 남아 있다.

대평원을 달리다

조금 밝아지긴 했지만 비의 기세는 여전하다. 때론 억수같이 몰아쳐 앞이 보이지 않을 때도 있다.

백우白雨라는 말이 떠오른다. 안개까지 낀 탓에 뿌옇게 흐린 풍경이 끝없이 이어진다.

지금부터 광대한 유카탄 반도로 들어간다. 이대로 죽 점심때까지 달려 마야 고전기 유적인 코훈리치와 그 근처의 유적까지 둘러보기로 했다. 코훈리치에는 여섯 시간 후에 도착한다. 일본에서라면 신칸센으로 도쿄에서 하카다博多까지 이동할 수 있는 시간이지만, 유카탄 반도에선 반도의 밑동을 가로지르는 정도밖에 되지 않는다.

운전기사 C씨가 무시무시한 기세로 속도를 올린다. 처음에는 간이 졸아들었지만 옆 차선 트럭들을 보니 모두 비슷한 속도로 달리고 있다. 무엇보다 이 속도로 달리지 않으면 제시간에 목적지에 닿을 수 없다는 것을 차차 알게 되었다. 사실 주위에는 달려도 달려도 아무것도 나오지 않는 휑뎅그렁한 초지와 평원이 장장 이어질 뿐이라서 속도를 내고 있다는 것조차 실감나지 않는다.

납작한 초원에 관목이 울창한 대평원. 아침 안개 탓에 도로 끝이 잘려 반대 차선에서 달리는 차가 잿빛 형체로 전방에 떠올랐다가 불쑥 눈앞에 나타난다.

여행지에서 이동할 때마다 항상 묘한 감상에 젖는다. 보통 이 시간 지구 반대편 도쿄에서라면 잠을 자고 있거나, 아직 원고를 쓰고 있거나, 하품을 하면서 조간신문을 집어와 대충 제목을 훑어본 뒤 슬슬 잠을 자볼까 하고 있을 것이다.

그런데 지금 나는 이렇게 멕시코 대평원을 차로 달리고 있다. 우주의 인공위성에서 보면 지구 표면의 어느 한 점을 이동하는, 눈에 보이지 않는 미생물 같을 쉐보레. 지금 나 자신이 먼 땅에서 이동해 와 이곳에 있다는 것, 그리고 또 여기에서 이동하고 있다는 것이 이루 말로 표현하기 힘들 만큼 신기하다.

"이 세상은 꿈. 밤의 꿈이야말로 진실"이라고 한 에도가와 란포(江戸川乱歩, 일본 추리소설의 아버지로 불리는 작가이자 평론가—옮긴이)의 유명한 말이나, 중국 고사 호접지몽胡蝶之夢처럼 여행의 시간은 인생의 음각과 양각 같은 것이다. 특히 최근 몇 년 사이, 이렇게 이동하는 시간이 실제이고 일상이 환상인 건 아닐까 하고 느끼는 일이 종종 있다.

인생 최후의 순간에 문득 눈을 떠보면 취재차 떠난 여행지의 대평원을 달리는 자동차 안에서 흔들리고 있지 않을까 하는 착각에 빠지기도 한다.

그러나저러나 도무지 끝이 보이지 않는 외길이다. 간혹 교차하는 도로와 맞닥뜨리기도 하지만 그곳에 신호등 따위는 없다. 교차하는 도로 역시 먼 지평선까지 죽 뻗어 있다.

드문드문 마을에 가까워졌음을 알리는 유일한 신호는 휴대전화에 잡히는 전파다. NHK의 O씨는 일본 업무까지 동시에 진행하는 탓에 휴대전화가 통하는 지역에 들어가면 부랴부랴 일본에 전화를 건다. 멕시코는 유선전화 보급률이 낮다. 유선전화 인프라가 미처 구축되기도 전에 초기 투자비용이 낮은 휴대전화가 폭발적으로 보급되었다고 한다. 아무리 작은 마을이라도 안테나가 설치되어 있고 주변에 장애물도 없어서 마을 가까이에 가면 바로 휴대전화를 쓸 수 있다.

이를 보니 중국 사진계가 떠올랐다. 최근 급격하게 늘어난 중국의 사진가 중에는 지금까지 세계 표준이었던 필름을 경험하지 않고 바로 디지털카메라로 입문해 암실을 사용한 적이 없는 사람이 많다고 한다.

몇 년 전에 대학생들과 이야기를 나누다가 “레코드판을 본 적이 없다”는 말을 듣고 깜짝 놀란 적도 있다. 하긴 그들이 태어났을 때는 이미 CD나 미니 디스크가 나와 있었으니 이상한 일도 아니다. 그러나 기술의 진보가 점점 빨라지면서 여러 기술이 공존하지 못하고 실질적으로 하나의 방식이 시장을 지배하는 일이 고착화되는 오늘날, 이런 기술의 건너뛰기와 과점이 지식의 공백과 획일적 사고를 낳지는 않을까 우려된다. 학창 시절, 카세트테이프 재생만 가능했던 초기의 워크맨을 들고 '여기에 녹음까지 할 수 있다면 굉장하겠는데' 하던 때를 생각하면 2차원 바코드로 동영상까지 데이터화하는 이 시대에 '격세지감'을 느끼지 않을 수 없다.

두 시간가량 총알처럼 날다가 차를 세워 휴식을 취했다. 비는 그쳤지만 아직 하늘은 두꺼운 구름으로 뒤덮여 있고 공기도 쌀쌀하다. 일직선으로 뻗은 도로를 보고 있노라니 영화 〈터미네이터〉의 마지막 장면이 떠오른다.

미래 세계에서 일어난 핵전쟁중에 기계들의 공격에 맞서 인류를 주도할 사령관을 낳게 될 여자를 없애 그의 탄생을 막고자 아널드 슈워제네거가 연기한 터미네이터가 미래에서 현재로 보내진다. 린다 해밀턴이 연기한 장차 사령관을 낳을 여자는 터미네이터로부터 자신을 지켜주기 위해 미래에서 온 남자의 아이를 갖게 되고, 습격자가 덮치기 전에 안전하게 아들을 낳아 기를 수 있는 장소를 찾아 자동차로 달리던 장면.

인류의 미래여, 어찌될 것인가!

나의 망상 따위는 아랑곳하지 않고 대형 트럭이 눈앞을 휙휙 지나간다.

코훈리치 유적

점심때가 다 되어 도착한 코훈리치 유적은 울창한 숲에 둘러싸여 있었다.

유카탄 반도에는 수많은 마야 유적이 남아 있다. 그러나 세계유산인 치첸이트사Chichen Itza와 욱스말Uxmal 외에는 상당한 규모의 유적임에도 찾는 사람이 그리 많지 않다. 특히 이날 처음으로 방문했던 코훈리치 유적은 이상한 분위기 때문에 인상에 깊이 남아 있다. 전날 들렀던 팔렌케도 비 때문에 분위기가 으스스했지만 단체 관광객이 많아 그리 무섭지는 않았다. 솔직히 말해 인적이 드문 마야 유적은 꽤나 섬뜩하다.

코훈리치에서 강한 인상을 받은 것은 키가 큰 종려나무 숲이었다. 한눈에도 십 미터는 되어 보인다. 보통 우리가 익숙하게 보는 땅딸막한 종려나무와는 달리 꼭대기가 잎으로 빽빽하게 우거져 아프로 헤어스타일(파마를 해서 둥글게 부풀린 흑인들의 머리 모양—옮긴이)을 한 덩치 큰 남자처럼 보인다.

게다가 정글에만 사는 착생식물이 달라붙어 있고, 뿌리가 여기저기 늘어져 있어 한층 울창한 풍경을 연출한다. 바람이 불면 이 무성한 나무들이 스르륵 흔들리며 소리를 내는데, 그 모습이 마치 숲 전체를 위협하는 것 같다.

이곳에서 열 명 정도의 학생 무리를 만났다. 멕시코 대학에서 관광학을 공부하는 학생들이었는데, 그중에 있던 일본인 여학생이 "이렇게 유명하지 않은 유적지에 오는 일본인은 드문데요!"라며 우리에게 말을 걸어왔다.

하긴 유카탄 반도에는 칸쿤Cancun이라는 세계적인 거대 휴양지가 있고, 관광자원 또한 넘쳐난다. 대학에 서비스업을 전문적으로 가르치는 학과가 있는 것도 지극히 납득할 만한 일이다.

코훈리치에서 유명한 것은 피라미드 중앙 석단 양옆의 거대한 얼굴이 새겨진 '가면 피라미드'다.

가면 부분을 덮듯 그 위로 억새 지붕이 얹혀 있다. 마야 피라미드는 지붕 부분이 억새로 되어 있어서 정기적으로 이를 갈아주는 모양이다.

초기 마야 유적의 '얼굴'은 사실적인 곡선을 살려 만들었지만, 연대가 흐름에 따라 비디오게임에 나오는 캐릭터처럼 직선을 강조한 얼굴로 바뀌면서 돌을 쌓은 형태 그대로 얼굴을 만드는 양식이 나타났다.

코훈리치 유적의 '얼굴'은 고전기에 만들어졌기 때문인지 사실적인 곡선 형태의 태양신 얼굴에서 생동감이 느껴졌다.

마야 저지 북부라고도 불리는 유카탄 반도의 시대 구분을 하자면 기원전 1500년경부터 서기 250년경의 선고전기, 250년경부터 900년경의 고전기, 900년경부터 16세기에 이르는 후고전기의 세 시기로 크게 나눌 수 있다. 코훈리치는 선고전기, 정확하게는 기원전 700년경에 전성기를 이루었다고 한다.

물론 이와 같은 지식은 나중에 자료를 읽고 알았다. 연대에 대한 지식이 부족했던 탓에 현지에 있는 동안에는 마야 문명에 흥미가 있었던 코디네이터 S씨나 고고학을 공부하고 이집트에서 발굴 작업까지 했다는 O씨의 해박함에 그저 압도되어 있었을 뿐이다.

이럴 때 내가 할 수 있는 것은 오직 망상뿐이다.

이 장소는 쓸 만한걸.

바람이 수런거리는 거대한 종려나무 숲을 올려다보며 나는 장차 쓸지도 모르는 괴기소설에 관한 망상에 빠져들었다.

앞서 만난 여러 나라에서 온 학생들의 표정이 선명하게 뇌리에 박혔다.

소설의 첫 장면은 1987년 봄, 유카탄 반도의 마야 유적을 기분전환 삼아 방문한 학생들, 그리고 갑자기 사라진 일본인 여학생…… 여기에서 장대한 괴기소설의 막이 열린다.

1987년이라는 숫자가 머리에 떠오른 이유는 단순히 그해에 내가 대학을 졸업해서 작가 소개에 자주 쓰는 숫자이기 때문일 것이다.

취재차 여행을 가면 항상 편집자에게 "제대로 취재도 하지 않고 멍하니 있다"는 핀잔을 듣는데 주로 이런 망상을 하고 있기 때문이다.

잎꾼개미의 참뱃길

흐린 하늘 아래, 유적과 유적 사이를 돌다보면 점점 어디에 무엇이 있었는지 헛갈리게 된다.

유적의 양식이나 구조가 대개 비슷하므로 특징적인 조형물로 판단할 수밖에 없는데, 이것마저 며칠이 지나자 O씨나 S씨에게 "이것은 어디였지? 이런 게 있었나?"라고 물으며 아무리 확인을 해도 이미 머릿속은 뒤죽박죽이 되어버렸다. 기억이라고 하는 것은 신기해서 익숙해지면 공통된 부분은 무의식 속에 던져버리고 차이가 나는 부분만을 남겨둔다.

종려나무가 무서웠던, 그리고 여덟 태양의 얼굴로 유명한 코훈리치를 떠나 향한 곳은 스푸힐Xpujil이다. 우리는 자작나무 사이로 난 길을 따라 올라갔다. 지금까지 자작나무는 고원의 시원한 땅에서만 자라는 줄 알았는데 멕시코에서는 평원에서도 종종 눈에 띈다.

INAH(국립인류학·역사학연구소)에서 관리하는 유적으로 들어가는 길은 대개 비슷비슷하다. 입구가 조그맣고 조금 더 걸어 들어가면 마야 하우스라 불리는 전통 민가를 모방한 관리소가 나온다.

마야 하우스의 구조는 단순하다. 위에서 보면 가로로 납작하게 눌린 원형인데, 직선 부분 양쪽이 뚫려 있다. 문이 붙어 있긴 하지만 날씨가 나쁠 때가 아니면 종일 열어두어 바람이 통하게 한다. 잠잘 때는 바람이 지나는 길목에 해먹을 건다. 천장에는 굵은 들보가 가로질러 있고, 그 위에는 억새 지붕을 얹어서 안에서 취사를 해도 연기가 잘 빠져나가며, 모깃불을 피워 벌레를 쫓을 수도 있다. 무더운 멕시코의 지극히 합리적인 가옥 구조다.

숲길을 따라 들어가는데 S씨가 "잎꾼개미예요"라며 손가락으로 앞을 가리켰다. 그 끝을 보니 길을 가로지르는 흰 선이 멀리서도 선명하게 눈에 띈다. 작은 개미들이 정연하게 줄을 지어 나뭇잎 조각을 이고 낑낑대며 이동하고 있었다.

그후에도 몇 번이나 잎꾼개미 행렬을 만났는데, 마치 깨끗하게 정돈한 참뱃길처럼 일직선으로 말끔히 길을 닦아 기반을 유지하고 있는 듯했다. 그 길을 따라가 개미집을 찾아내려 했지만 숲속으로 들어가서는 금세 사라져 목적을 달성하지 못했다.

스푸힐은 세 개의 탑이 나란히 서 있는 것이 특징으로, 각이 없이 둥근 모양새가 영화 〈미지와의 조우〉에서 주인공이 우주선과 처음 만

났던 산을 연상시킨다.

동네 소년이 탑 사이에 기어올라 불량하게 담배를 피운다. 이 동네 사람들에게 유적이란 집 근처에 있는 정글짐 같은 장소일 것이다.

신전의 형태는 다소 차이가 있지만 대개는 비슷하다. 제사를 지내는 신전이 있고, 그 뒤에 독립적으로 혹은 신전의 연장으로 신관의 주거지나 휴게소가 있다. 신전에서 떨어진 곳에는 제사의 일종이었을 구기球技를 했던 경기장이 있다.

다 무너진 토대나 벽만 남아 있는 곳을 걷노라면 예전 이곳에 살았던 사람들의 사념思念이 아직 남아 있는 듯해 때로 그 존재감이 생생하게 느껴진다.

사람은 어째서 이렇게 건축물에 끌리는 것일까?

주서 유적을 걷자니 어릴 적 공원에서 나뭇가지로 땅에 집을 그리고 놀았던 기억이 떠오른다. 사람은 누구나 자신의 둥지, 자신만의 공간을 원하는 욕구가 있다.

나도 어릴 적에 다이아블록(Diablock, 일본 가와다 사의 블록 장난감—옮긴이)으로 집이나 성, 이상한 모양의 건축물을 만들고는 했다(여담이지만 어린 시절에 가지고 놀던 덴마크제 레고에는 둥근 블록이 많았고, 일본의 다이아블록에는 직각 모양 블록밖에 없었다. 다이아블록은 사각이 기본 형태인 마야 유적을 만드는 데 더 적합하지 않을까? 다이아블록에서 스푸힐 유적이나 팔렌케 유적, 혹은 치첸이트사 유적 세트를 만들어준다면 틀림없이 살 것이다. 거기에 현지 영상과 함께 건축물의 역사나 구조에 대한 설명을 담은 DVD를 부록으로 붙여주면 좋겠다).

물론 그 끌림의 근본에는 위험을 회피하려는 본능이 있다. 보금자리 안으로 들어가려는 것은 외부의 적으로부터 신변 안전을 확보하기 위해서다. 그러나 곤충이든 새든 포유동물이든 유달리 눈에 띄는 둥지를 만드는 부류가 있다. 오히려 눈에 띄어 공격의 대상이 될 것 같지만, 여기에는 '건축물'에 대한 생물의 모순된 욕망의 맹아가 잠재해 있다. 그것은 바로 어떻게 수많은 사람들의 시선을 물리치는가 하는 것이다.

집이 멋지고 클수록 당연히 사람들의 시선이 쏠린다. 기발한 건축물이라면 더 말할 것이 없다.

어떤 사람이 살고 있을까? 도대체 이런 집은 얼마야? 뭘 해서 얼마를 벌면 이런 집을 지을 수 있지?

즉 사회적 지위는 오직 어떻게 뭇사람의 시선을 모으고, 동시에 그 시선을 물리치면서 그로부터 잘 숨는가 하는 것과도 일치한다.

비밀에 싸인 저택, 창이 없는 탑, 절벽 위에 세워진 성, 경비가 삼엄한 사무실, 펜타곤, 황궁…… 모두가 그 존재를 알고 있지만 정작 그 속은 신비의 베일에 둘러싸여 있다. 훌륭하게 우리들의 시선으로부터 '감춰져' 있는 것이다.

터키의 부적 중에 안구를 모방한 나자르 본주nazar boncuğu라는 것이 있다. 이는 질투나 시샘으로 가득찬 사악한 눈'evil eye'으로부터 몸을 보호한다는 의미를 담고 있다. 예로부터 타인의 시선이야말로 강렬한 저주인 동시에 에너지였다. 보다 많은 사람들의 시선을 모으고 이를 극복하기만 한다면 반대로 저주에서 벗어나 성장해 강한 신성神性을 얻게 된다. 가까운 예로 도시에서 많은 사람들의 시선을 받으며 자란 여자아이는 예쁘게 성장한다. 인기를 끌기 시작한 탤런트는 보다 많은 카메라 앞에서 경험을 쌓음으로써 빛을 발한다. 눈에 띄지 않던 인물이 사장 자리에 오르면 타인의 주목을 받으면서 관록이 생긴다.

그런 이유로 사람들은 보다 훌륭한 건축물을 원한다. 보다 많은 저주를 모아 이를 극복할 수 있는 독특한 건축물을. 그 결과 탑은 더욱 높아지고, 피라미드는 보다 거대해진다.

첫 등반

이날 마지막으로 찾아간 베칸Becán에서 드디어 두려워하던 순간을 맞았다. 베칸은 고전적인 마야 유적으로 직사각형의 피라미드 신전이 비교적 잘 보존되어 있는 곳이다.

한눈에 다 들어오지 않을 정도로 높이 치솟은 피라미드. 높은 곳을 좋아하는 O씨와 S씨는 벌써 거침없이 피라미드를 오르고 있다.

나는 잠시 주저했다.

계단형이긴 하지만 손잡이고 뭐고 아무것도 없다. 대신 두꺼운 밧줄 하나가 꼭대기에서부터 계단 한가운데로 드리워져 있다. 계단의 경사도 상당하다. 게다가 언뜻 봐도 사오층 건물 높이.

알고는 있었지만, 역시 나는 고고학자는 될 수 없을 것 같다. 새삼스럽게 나 자신을 저주했다. 중증의 비행 혐오와 상당한 고소공포증이 있는 내가 왜 일본에서 이 머나먼 멕시코 숲속까지 와서 허허벌판의 피라미드 앞에 서 있을까.

처음 고소공포증을 실감했던 것은 초등학교 소풍 때였다. 등산을 했다. 날씨가 좋았다. 전망대가 있었다. 곳곳이 훤히 뚫린 철제 나선형 계단을 모두가 줄줄이 올라갔다. 나도 뒤를 따랐다.

그런데 발이 떨어지지 않았다. 몸이 굳어버렸다. 멋진 경치를 볼 수가 없었다. 양손과 양발을 들어 다시 한번 계단을 올라가보려 했지만 역시 맘대로 되지 않았다. 온몸에 소름이 돋고 찌릿찌릿하면서 정신이 아득해지더니 내가 내가 아닌 듯했다. 몹시 떨렸던 것 같다. 무엇보다 눈을 뜨고 있을 수가 없었다.

결국 나는 전망대에 오르지 못했다. 나 혼자 아래서 한참을 기다렸다. 그때 이후로 내가 고소공포증이라는 것을 알게 되었다.

도쿄타워나 신주쿠 고층빌딩 전망대가 무섭다. 언젠가 신주쿠 고층빌딩 전망대 창가에서 젊은 부부가 네다섯 살 정도로 보이는 아이를 안고 "높다, 높다" 하면서 "그것 봐, 무섭지? 여기서 떨어지면 죽는다!" 하며 계속해서 아이에게 속삭이는 모습을 본 적이 있다. 아이는 말을 잃을 정도로 떨고 있었다. 나도 어릴 적에 그런 경험을 했던 것일까?

그런데 신기하게도 자연은 그리 무섭지 않다. 산에 오르거나 출렁다리를 건너는 것은 뜻밖에도 아무렇지 않다. 오직 인공구조물 안에서 아래를 보는 것만이 곤욕이다. 삼층 높이의 아파트 베란다에서 이불을 널며 아래를 보는 것도 힘들다.

그런 내가 왜 이곳에.

식은땀이 흥건하게 흐르는 것을 느끼며 나는 거의 절망적인 기분으로 줄을 잡았다. 아무래도 이것이 내 운명인가보다.

출발 전에 "멀리 떠나야 할" 운명을 점쳐주었던 사람이 내 휴대전화 고리를 보고 지적한 것이 있다. 지금 쓰는 휴대전화는 세 대째다. 무슨 이유인지 휴대전화라는 물건은 이 년마다 어김없이 고장나서 그때마다 고리도 새것으로 바뀌었다.

첫번째 고리는 빨간색과 흰색 로켓이었다. 다음은 애벌레가 탄 우주선이었고, 지금 달고 있는 세번째 고리는 비행기를 탄 그로밋(영국 애니메이션 〈월레스와 그로밋〉의 캐릭터로 현명한 강아지다)이다. 전혀 의식하지 못했지만 모두 하늘을 나는 것들이다.

"거봐, 역시 내심 날고 싶은 거야!"

그녀는 의기양양하게 소리쳤다.

진짜 그런 걸까? 나는 멕시코로 올 운명이었을까? 그 무서운 비행기를 타고 날아오도록 이미 정해져 있었을까? 그렇다고 여기에서까지 날 필요는 없잖아.

줄을 잡으니 올라가기가 한결 수월했고, 올라가는 도중에도 큰 문제는 없었다. 계단의 폭도 나름대로 일정해서 공포감도 점차 줄어들었다. 그러나 지면에서 점점 멀어져간다는 긴장감이 등줄기를 조금씩 내리눌러 좀처럼 뒤를 돌아볼 수가 없었다.

엉거주춤한 자세로 꼭대기에 닿으니 그곳에는 작고 네모난 사당 같은 것이 있고, 그 안은 제단처럼 되어 있었다. 당연히 주위는 사방이 뚫린 회랑으로 둘러싸여 있다.

최대한 벽 쪽에 기대 천천히 뒤를 돌아보았다. 그곳에는 앞으로 몇 번이나 보게 될 녹색 바다가 영화관의 스크린처럼 넓게 펼쳐져 있었다.

구름 낀 하늘 아래의 바다는 거무스름한 초록빛을 띠고 있다. 밋밋한 회색 하늘이 한없이 펼쳐져 있고, 이에 질세라 숲이 그 끝까지 맞닿아 있다. 지평선까지 융단처럼 폭신폭신하게 깔린 숲 덕분에 생각만큼 무섭지는 않다. 여기는 개발된 곳이 더 적다.

무심코 한숨이 흘러나왔다.

여러 종류의 땀이 고지대에 부는 바람에 말라갔다.

마야 피라미드 첫 등반이다.

돌이켜보니 첫 피라미드 등반을 베칸에서 시작하길 잘한 것 같다. 어쨌든 앞으로 오르게 될 피라미드는 한층 거대하고, 더욱 높고, 훨씬 무서울 테니 말이다.

가루비누 느낌

다시 차가 총알처럼 날아 호텔로 향했다.

일본과 비슷하게 저녁 여섯시 무렵이면 해가 져서 호텔에 도착할 때면 항상 깜깜했다.

오늘 묵을 숙소는 아무것도 없는 밀림 한가운데 자리잡은 산장이다. 마야 하우스를 본뜬 오두막이 있고, 안내 데스크도 바깥에 있다.

내일도 꼭두새벽부터 시작이다. 우리들은 변함없이 저녁을 충분히 먹고 맥주를 마셨다. 칠레 와인이 있어서 이것도 즐거이 마셨다. 멕시코 남부에서는 어디서나 칠레 와인을 볼 수 있는데, 특히 레드 와인은 모두 맛이 좋았다. 나와 O씨는 술을 좋아해서 맥주 라벨만 보면 반드시 사진으로 찍어두고, 와인이 눈에 띄면 꼭 주문을 한다.

술이 몸에 들어가니 금세 졸음이 쏟아졌다.

뭔가 적어야 하는데……

이미 기억은 뒤죽박죽이다. 여러 건축물이 마구잡이로 떠오른다. 잎꾼개미를 어디서 봤더라? 구기장은 어느 유적에 있었지? 시대 구분은? 이름은?

알딸딸한 기분으로 방에 돌아와 노트를 펼쳤건만 순식간에 눈꺼풀이 내려온다. 역시 안 되겠어. 내일 아침에 하자.

침대에 쓰러져 누웠는데, 시트가 너무 차갑고 눅눅하다. 그 촉감이 찝찝해 다리 한쪽만 시트 속에 넣은 채 잠에 빠져들었다.

나중에 O씨, S씨와 이 시트에 대해 이야기했는데 아마 가루비누를 사용했기 때문일 거라고 추측했다. 종류에 따라 다르지만 종종 가루비누로 빤 세탁물에서 이런 촉감이 난다.

'에코 빌리지'라는 이름이 붙어 있으니 합성세제가 아닌 가루비누를 써서 세탁했을 수 있다. 호텔을 전전하는 여행중에 이틀 이상을 묵으면 꼭 아침에 세탁을 맡기는 버릇이 있다. 이 호텔에서도 이틀을 묵었기 때문에 다음날 아침에 세탁을 부탁했는데, 역시 옷에서도 비슷한 촉감이 났다.

밤중까지 노래하며 웃고 떠드는 종업원들의 발랄한 목소리가 식당에서 가까운 내 방까지 들린다. 솔직히 말하면 꽤나 시끄럽다.

역시 라틴 민족이군.

이런 생각을 하며 소란스러운 와중에도 순식간에 잠에 빠져들었다.

거대한 세력, 칼라크물

이날 아침은 살짝 흐리고 선선했다. 구름은 많지만 햇살이 있어서 청량하다.

일찍 일어나는 것도 이제는 익숙해져서 다섯시 반에 일어나 샤워를 마친 뒤 빨래를 한다. 새소리가 꽤나 시끄럽다. 잘 마르지 않는 셔츠류는 세탁을 부탁했다. 한 장에 이 달러.

그래도 오늘은 약간 여유 있는 출발이다. 아침을 먹고 일곱시쯤 차를 몰아 칼라크물Calakmul 유적으로 향했다. 칼라크물은 널리 알려지지 않았지만 세계유산에도 등재된 대규모 유적으로, 과거에는 티칼이나 팔렌케 등과 세력을 견줄 만한 도시였다. 이들은 오랜 세월 적대관계에 있었기 때문에 팔렌케 유적이 전문인 크리스토퍼 박사에게 "칼라크물에 간다"고 했더니 그는 농담반 진담반으로 "그곳은 적지"

라며 눈을 흘겼다.

여전히 유적은 멀다. 오늘도 차를 타고 줄기차게 달린다. 유적 입구에 도착한 시간이 아홉시 정도였을까. 차단기가 올라가고 자동차가 유적지 안으로 들어갔다. 입구라고 하지만 여기서 유적까지 육십 킬로미터나 된다. 차창 밖 풍경은 거의 변함이 없고, 차는 정글 속 외길을 한결같이 달린다. 재규어가 산다는 이 주변 일대는 자연보호구역으로 지정되어 있다.

일본에서는 숲이라고 하면 보통 산을 떠올린다. 숲속을 걷는다고 하면 곧 등산을 연상한다. 원래 평지가 적은 탓에 대부분 개간해 택지나 논밭으로 만들어야 했다. 그래서인지 끝없이 이어지는 평원을 가득 채운 정글의 존재가 신기하기만 해서 아무리 매일 봐도 질리지가 않는다.

유럽의 경우에는 벌채가 심해서 지금 있는 숲은 모두 새롭게 조성한 것이라고 한다. 일본에선 산과 마찬가지로 숲에 대해서도 '경외심'이 크다. 백설공주나 헨젤과 그레텔은 숲에 버려졌다. 종종 숲은 죽음의 메타포이자 불가침의 장소이기도 하다.

하지만 이곳의 숲에서 받은 느낌은 조금 다른 것 같다. 물론 경외심도 느껴지지만, 좀더 풍성하면서 혼돈스러운 이미지가 떠오른다. 생명의 고향이라고도 할 수 있는 카오스, 그 자체라고 할까.

문득 떠오른 이야기가 있다. 지금까지도 어디서 읽었는지 기억이 나지 않지만, 재규어가 '노래를 한다'는 것이다. 뿐만 아니라 인간의 소리를 흉내낼 수 있다고 하는 전설인지 미신인지를 어딘가에서 읽은 적이 있다. 재규어가 매우 영리하고 신체적으로도 뛰어나기 때문에 이런 전설이 생겼는지 모르겠지만, 내 머릿속 어딘가에는 재규어가 노래를 부르거나 말을 해서 인간을 홀리는 이미지가 달라붙어 있었다. 그것도 여러 자료에서 비슷한 내용을 본 기억이 있다.

그래서 현지 사람들에게 그 사실을 물어봤더니 모두 "금시초문이다"라는 대답뿐이어서 조금 실망했다. 지금이라도 그 출처가 어딘지 꼭 좀 알고 싶다. 어느 소설이나 만화일지도 모르겠다.

거대한 유적

간신히 칼라크물에 도착한 시간이 열시쯤이다.

이곳을 안내해줄 문화인류학자 마르코 박사와 합류했다. 몸집이 듬직하니 존재감이 큰 사람이다. 나중에 들으니 여러 학술단체의 대표를 맡고 있다고 하는데, 소탈하고 너른 인간성의 소유자라는 것이 느껴졌다. 박사는 부인과 조수도 대동했다. 모두 멕시코인이지만 부인은 금발의 백인이고, 조수도 백인 청년이다.

스페인 사람과 선주민의 혼혈이 진행된 결과, 같은 부모에게 태어난 형제라도 머리색이나 눈동자색, 피부색이 전혀 다른 일이 드물지 않다고 한다. 차세대 천재가 많이 나올 곳으로 멕시코나 브라질 같은 중남미가 주목을 받고 있다고 하는데 혼혈의 카오스, 정글의 카오스에서 새로운 세대가 탄생할지도 모르겠다.

드디어 박사의 안내를 받으며 광대한 칼라크물 안을 걷기 시작했다.

아무튼 엄청나게 넓다. 팔렌케는 물론 이제까지 본 고만고만한 유적과는 차원이 다르다. 피라미드가 곳곳에 흩어져 있는 숲속을 끊임없이 걷는다.

토벽이나 흙을 쌓아 지면을 높인 옛 도로, 주거지 내 광장 같은 것들이 넓은 유적지 여기저기에 흩어져 있다.

아무리 파도 물이 나오지 않는 땅에서 이러한 대도시가 번성했다는 것 자체가 그야말로 놀라운 일이다. 때문에 대단히 많은 저수지가 만들어졌다. 저수지 바닥은 회반죽으로 칠해 모인 빗물이 새는 것을 막았다.

최전성기인 7~8세기엔 약 삼십 제곱킬로미터의 면적에 삼만 명 가까이 살았으며, 그 외곽에서는 약 오만 명이 생활했다고 추측하고 있다.

칼라크물의 가장 큰 특징은 비석이 많이 남아 있다는 것이다. 그것도 피라미드 앞에 죽 늘어서 있다. 비석에는 역대 왕의 연대가 기록돼 있고, 각 도시 간 벌어졌던 분쟁에 대해서도 적혀 있다. 이에 의하면 적어도 열여섯 명의 왕이 있었다는 것을 알 수 있다.

우기를 앞두고는 포로를 빼앗기 위해 정기적으로 시합을 벌여 승패를 겨루었다. 이는 수백 년에 걸쳐 지속되었으나, 800년경에 대가뭄으로 인해 내부적으로 극심한 물 분쟁을 겪었던 모양이다. 이를 계기로 서서히 쇠퇴해 10세기에는 도시 자체가 방치되기에 이르렀다.

이것이 칼라크물의 역사인데, 나는 이보다도 박사가 이야기해주는 소소한 에피소드가 더 흥미로웠다. 그의 목소리가 멋져서 듣기에 편안했던 덕도 있었다.

치코사포테Chico Zapote라고 하는 껌의 원료가 되는 나무가 있는데 이를 이용해 유럽인이 껌을 만들었고, 일차대전 때 널리 퍼지면서 병사들이 스트레스를 풀기 위해 껌을 씹기 시작했다는 이야기.

이곳에 전해오는 전설로, 신이 처음에는 나무로 인간을 만들었으나 실패하고 다음에는 진흙으로 인간을 빚었으나 역시 실패해서 마지막에는 옥수수로 인간을 만들어 성공했다는 이야기.

틴티미노(뒷걸음질)라 불리는 의문의 생물 이야기도 재미있었다. 이것은 정글에 사는 큰 생물체라고 한다. 이름 그대로 무슨 이유에서인지 발이 거꾸로 붙어 있으며, 태곳적부터 살아남은 원인猿人이라는 설도 있다. 목격자가 꽤 되는 모양으로 틴티미노가 나타날 때 악취가 심했다는 것이 공통된 증언이라고 한다.

그리고 신령에 홀려 갑작스레 사람이 사라진다는 전설도 있다. 약초사, 곧 주술사의 주문에 걸렸을 때 이런 일이 일어난다고 한다. 어느 나라에서나 약초사는 상담가이자 무서운 주술을 걸 수 있는 사람이기도 하다. 지금도 때때로 아이들이 사라진단다.

이에 대해서는 나중에 S씨가 자신의 생각을 밝혔는데, 어느 정도 그럴듯하다. 유카탄 반도에 큰 강이 없는 이유 중 하나이기도 한데, 이곳은 지하에 석회층이 퍼져 있다. 다시 말하자면 지하에 석회동굴이나 빈 공간이 있다는 뜻인데, 지상에서는 좀처럼 그 존재를 예측할 수가 없다. 풀숲에 가려서 잘 보이지 않지만, 여기저기에 그 입구라고 할 민한 구멍이 흩어져 있어서 거기에 사람들이 빠지는 게 아닐까 하는 것이 S씨의 추측이다.

피라미드도 거대하다

어제 베칸에서 처음으로 체험했던 피라미드 등반. 칼라크물에선 한층 거대한 피라미드가 몇 개씩이나 나타났다. '건축물 1,2'라는 매정한 이름으로 불리고 있지만 규모는 모두 상당하다.

물론 그 각각을 오르는 것이다. 높다. 크다. 무섭다. 아래에서 올려다봐도 한눈에 다 들어오지 않고, 숲속에 있어서 그 꼭대기도 보이지 않는다.

그래요. 올랐지요. 허벅지 들기 백 번. 허벅지 들기를 하면 안쪽 근육이 강해진다던데, 이번 여행으로 내 안쪽 근육은 꽤 단련되지 않았을까. 그리고 인간이란 적응하는 존재인지라 매일 피라미드를 오르는 사이 조금씩 요령을 터득하게 되었다. 물론 공포와는 그다지 친해지지 못했지만.

가장 큰 피라미드에 오른 때는 점심 무렵이었다. 마르코 박사는 오랜 세월 현장에서 단련됐는지 거구임에도 불구하고 휙휙 피라미드를 올랐다. 부인은 고소공포증이 있다고 하더니 샌들을 신고 오른다. 이곳의 여자 관광객들 중에는 샌들이나 힐을 신고 기우뚱기우뚱하며 피라미드를 오르는 부류들이 있어서 보는 이의 마음을 조마조마하게 한다. 서구인과 그 후예 들은 위험을 즐기는 유전자를 타고난 것이 아닐까 하는 생각이 들었다. O씨와 S씨도 물론 그 유전자를 가진 사람들이라 거침없이 정상에 올랐다. 박사의 조수는 통통한 몸매 때문인지 헐떡거리면서 맨 마지막에 도착했다.

피라미드 위에서 조수가 가지고 올라온 주스와 사과를 먹으며 모두 멍하니 바람을 맞았던 시간은 꽤나 신비로웠다. 관광객이 많지 않았던 덕분에 유유히 분위기를 즐길 수 있었다.

역시 초록의 바다, 바다, 바다. 초록빛 그러데이션이 구름 사이로 삐져나온 광선과 함께 복잡한 색을 만들어내면서 시시각각 변해갔다. 당연한 말이지만, 피라미드를 세웠을 당시의 사람들이 지금 이곳에서 있었으리라는 생각을 하니 기묘한 느낌을 떨칠 수가 없다.

피라미드에 오르면 어디서든 눈에 띄는 것이 휴대전화 전파탑이다. 옛 봉화를 대신하는 것이 저 탑일 것이다.

박쥐 동굴

칼라크물에서 반나절을 보내고 근처 발람쿠Balamku 유적 벽화를 본 뒤 박쥐를 보러 가기로 했다.

어느덧 해가 기울고 하늘이 조금씩 투명해졌다. 내일은 맑을 모양이다.

엄청난 박쥐떼가 산다는 곳은 양옆으로 정글이 펼쳐진 간선도로 인근이다. 언뜻 봐서는 그런 장소가 있으리라고 전혀 짐작할 수 없는 평범한 곳에 웬일인지 오토바이를 탄 두 명의 남자가 서 있다.

'이 사람들은 누구지?' 하고 생각하는 찰나 마르코 박사와 악수를 한다. 아무래도 자연보호관처럼 동굴에 다가가는 사람들을 감시하는 모양이다.

들짐승이 다니는 길을 따라 올라가니 쏴아 하고 비가 내리는 듯한 소리가 들렸다. 자세히 보니 푸른빛이 감도는 하늘에 날벌레 같은 검은 점이 새까맣게 찍혀 있다. 아무래도 박쥐떼인 모양이다.

숲속으로 더 들어가자 쏴아 하는 소리가 커지면서 뭐라고 설명할 수 없는 악취가 나기 시작했다. 가면 갈수록 냄새는 지독해져서 나도 모르게 소매로 코를 감싸쥐었다.

머리 위로 붕붕 박쥐가 난다. 나무 사이에서 엄청난 기세로 날아오기 때문에 몸을 굽히지 않으면 안 된다.

"우와!"

갑자기 모두가 소리를 질렀다. 숲 한가운데서 우리가 발견한 것은 땅 위에 휑하니 구멍이 뚫린 큰 동굴이다. 그나마 눈에 보이는 것은 동굴에 이르는 입구 근처의 석회질로 된 회색 벽뿐, 그 아래에 박쥐가 사는 진짜 동굴은 너무나 깊어 끝이 보이지 않았다. 그 구멍의 지름은 무려 칠팔십 미터쯤 되고, 거기에서 박쥐가 구름같이 회오리바람을 일으키며 올라온다.

박쥐는 구멍 안에 있다가 해질녘이면 일제히 하늘로 날아오른다. 꼬리에 꼬리를 물고 올라오는 박쥐들의 행렬이 끊어질 기미가 보이지 않는다. 수만 마리, 아니 수십만 마리는 될 듯하다. 이 끔찍한 악취는 수많은 박쥐가 분출하는 엄청난 양의 분뇨에서 나는 것임에 틀림없다. 코를 찌르는 듯한 냄새라는 말이 그야말로 실감났다.

이렇게 많은 박쥐가 살고 있다면 동굴의 크기가 상당할 테지만 아직 내부조사가 제대로 이뤄지지 않은 모양이다. 하긴 방호복을 입지 않는 한 어림없는 일일 것이다. 특히 최근에는 박쥐가 다양한 질병의 숙

주로 주목받으면서 박쥐를 통해 새나 가축으로 바이러스가 전염될 수 있다는 말도 있다.

최근 십여 년 사이에 인류의 파멸을 주제로 한 가장 실감나는 작품을 꼽으라면 단연 찰스 펠리그리노Charles Pellegrino의 『더스트』라는 SF 소설일 것이다. 이 책의 첫 장면에 바로 박쥐떼가 날아다니는 동굴이 나온다. 인류 멸망에는 무수한 시나리오가 있지만, 『더스트』는 박쥐가 옮긴 바이러스에 감염된 한 곤충이 멸종하면서 이야기가 시작된다. 한 곤충의 멸종으로 인해 그 곤충을 포식하던 또다른 곤충이 죽으면서 먹이사슬의 파괴가 점점 퍼져나가는 것이다.

사실 곤충이라는 존재는 상당히 많은 동물을 먹여살리고 있다. 곤충이 사라지면 곤충을 먹이로 삼는 새가 사라지고, 이로 인해 식물의 수분受粉이 불가능해진다. 동물은 점점 죽어가는데 곤충이 썩은 고기를 처리하지 않으면 역병이 퍼진다. 결국은 이러한 파멸의 도미노가 단번에 인간까지 도달한다.

이런 이야기를 떠올리니 박쥐와 접촉하는 것이 두려워 엉거주춤한 자세로 동굴에서 멀찍이 떨어졌다. 그러나 초음파를 내기 때문인지 갑작스레 튀어나오는 듯 보이지만 의외로 부딪히지 않는다.

이따금 해질 무렵 집 근처에 있는 간다神田 하천에서도 박쥐를 보긴 했지만 이렇게 엄청난 박쥐떼를 보는 일은 아마 앞으로도 평생 없을 것이다. 이리저리 삐뚤삐뚤 꺾이며 날아다니는 박쥐의 모습은 괴발개발 쓴 글씨를 생각나게 한다.

동굴은 재미있었지만 냄새는 도저히 참기가 힘들어서 오랜 시간 머물 수 없었다. 코를 쥐고 간선도로까지 돌아왔다. 『더스트』에 대항할 괴기소설의 첫 장면에 이 동굴 이야기를 써도 좋겠다고 언뜻 생각했다.

이제 마르코 박사와 헤어져야 한다. 그런데 한사코 사례를 받지 않고 "그보다 일본에서 더 많은 유적조사단을 보내달라"는 말뿐이다. 심지어 "이런 것을 주면 다음에는 오지 않겠다"고 협박까지 한다. S씨도 난감해했다. 보다 못한 O씨가 선물용으로 가져온 수건을 건네자 그제서야 그는 "이거라면 받겠다"며 미소를 지어 보였다.

함께 기념촬영을 하고 돌아갈 무렵에는 이미 주변이 어두워져 있었다. 우리는 서로 손을 흔들며 자동차에 올라타고 각자 반대 방향으로 달렸다. 양쪽 모두 숙소에 도착했을 때는 이미 한밤중일 것이다.

마야를 만나다

마야 문명.

이것만큼 신비하고 불가사의하면서, 소년들의 모험심을 자극하는 말이 또 있을까?

밀림 속 계단형 피라미드, 버려진 도시, 번영을 누리다 홀연 사라진 사람들, 고도로 발달한 천문학, 여백을 두려워하기라도 한 듯 빽빽이 새긴 복잡한 문자……

이런 이미지가 연이어 떠오른다. 그러나 그 외에 더 무엇을 알고 있는지 물으면 나의 대답은 궁해진다.

나 역시 과테말라를 배경으로 한 『위와 밖』이라는 소설을 쓰면서 벼락치기로 공부를 하긴 했지만, 여전히 어린 시절에 받은 인상이 더 뿌리 깊게 남아 배경지식은 제자리에 멈춰 있다.

아쉬운 대로 당시에 썼던 소설을 들춰 마야에 대해 알아보도록 하자. 자기가 쓴 소설을 가지고 복습을 한다니 뻔뻔스럽기는 하지만 다시 읽어도 지금 내가 알고 있는 것과 크게 다르지 않고, 오히려 소설을 읽는 편이 훨씬 이해하기가 쉬울 것이다.

우선은 마야 문명의 정의.

소위 4대 문명은 모두 커다란 강 부근의 비옥한 토지에서 발생했다. 나일, 티그리스와 유프라테스, 인더스, 황하. 이들 문명은 연속하는 선 또는 일정 지역을 차지하는 면의 형태로 오늘날까지 이어져 인류의 근간을 형성했지만, 4대 문명으로부터 멀리 떨어진 중남미 지역에서는 점을 찍듯 띄엄띄엄 발달한 문명이 존재했다. 올메카, 마야, 아스테카, 잉카 등으로 불리는 문명이 그것이다. 이들은 '신비의 고대문명! 지구에 불시착한 외계인의 후예인가?' 유의 소년잡지 화보나 SF 영화의 단골 주제였지만, 오늘날에는 2만 내지 1만 5천 년 전에 베링 해협을 건너온 인류가 각기 갈라져서 서로 영향을 주고받으며 융성과 흥망을 반복한 문명이었음이 밝혀졌다.

아이러니하게도 이들을 신비의 문명으로 만든 것은 '신과 대화를 한다'는 가톨릭교도이자 스페인 식민지 개척자들일 것이다. 고대부터 대대로 융합과 분열을 거쳐 쌓아올린 전통문화도 그들에겐 단순히 '신세계'일 뿐이었고, 선주민은 계몽과 지배가 필요한 야만인이었다. 포교와 착취를 목적으로 철저히 약탈을 감행했으며, 천연두와 티푸스를 비롯해 당시 '신세계' 사람들이 면역을 가지고 있지 않았던 다양한 질병을 옮기면서 인구 감소를 초래했다.

그러므로 마야가 밀림 속에 갑자기 고도의 문명을 세웠다가 어느 날 감쪽같이 사라졌다는 설은 올바르지 않다. 그리고 원래 마야라는 특정 민족 집단은 존재하지 않는다. 마야는 거대 치브차Chibcha어족과 마야어족에 속하는 약 서른 종의 언어를 사용하던 선주민을 총칭하는 말로, 하나의 큰 국가를 형성한 것이 아니라 각기 도시를 구축하고 느슨하게 교류했던 것으로 보인다. 이들 도시 문화에 남아 있던 공통의 것들을 모두 묶어 마야 문명이라 부르고 있다.

현재까지 통용되는 설은 위와 같지만 최신 연구에서는 각각의 도시가 상상 이상으로 긴밀한 네트워크를 형성했었고, 왕래도 빈번했다는 것이 밝혀지고 있다. 그리고 후기에는 부양할 수 없을 정도로 인구가 늘어나 도시 기능이 마비될 지경에 이르러 멸망으로까지 이어졌다는 설이 지지를 얻고 있다.

또한 BBC 다큐멘터리에서는 기상천문과 지층을 연구한 결과, 9세기에서 10세기 사이에 7천 년 만의 유례없는 대가뭄이 일어나 우기에 저장해둔 물을 사용하는 마야인들이 치명적인 타격을 입는 바람에 마야 문명이 쇠퇴하게 되었다는 설도 소개했다.

계속해서 마야 문자에 대해 알아보자.

뭐든지 빽빽하게 적는 것을 좋아하는 공백공포증의 괴짜가 그린 키치 만화 같다. 우스꽝스러우면서도 기괴한 얼굴에 한자의 편방偏旁 같은 것이 붙어 있다. 보통은 정사각형 안에 조금씩 다른 모양이 빽빽이 들어 있다. 마야 문자는 소리를 나타내는 문자를 조합하거나 의미를 나타내는 문자를 조합한다는 점에서 한자와 비슷하다. 그럼에도 마야 문자는 여전히 수수께끼로 남아 있으며 해독된 것은 일부뿐이다. 이렇게 어려운 문자를 일일이 써야 했으니, 긴 문장을 쓸 땐 꽤나 고생하지 않았을까? 그러나 당시에는 소수의 특권계급만이 문자를 사용했으며, 이것이 '비밀의식'처럼 이어져내려온 듯하다. 이처럼 문자를 아는 계층이 극히 일부였기 때문에 마야 문자는 순식간에 역사의 어둠 속에 묻혀버렸다.

잃어버린 문자를 해독하기 위해선 좌우지간 많은 표본을 모으는 것이 중요하지만 마야 문자의 경우 비석이나 서지가 대부분 파괴되었기 때문에 오랫동안 이 작업이 불가능했다. 그러나 최근 들어 언어학자들의 노력으로 드디어 미궁의 열쇠가 풀리기 시작했다. 마야 문자가 일본어와 표기 방식이 비슷했을 거라는 추측도 있다. 한자와 히라가나 등을 함께 쓰는 일본어처럼 표음문자와 표의문자가 혼재되어 있어서, 같은 내용이라도 여러 방법으로 표기할 수 있다는 것이 밝혀진 모양이다.

여행을 떠나기 전 짐을 싸고 일에 쫓기는 틈틈이 읽었던 책 중에 가장 재미있었던 것이 마이클 도브잔스키 코Michael Dobzhansky Coe가 쓴 『마야 문자 해독』이다. 제목 그대로 신비의 마야 문자를 해독하기 위해 단서를 쫓아 고군분투한 선인들을 그린 논픽션이다. 놀라운 것은 극히 최근까지 마야 문자를 해독하는 데 언어학자가 참여하지 않았다는 사실이다.

아니 솔직히 말하자면, '마야 문명'에는 특이한 사람들을 잡아끄는 힘이 있다는 것에 새삼 놀랐다. 이를테면 일본사에서 다른 시대에는 전혀 흥미가 없고 특별히 역사적 지식이 풍부하지도 않지만 막부 말기에만 밝은 사람이나, 사카모토 료마坂本龍馬나 히지카타 토시조土方歲三 같은 특정 인물에만 깊이 빠져드는 사람이 있는 것처럼, 다른 고대사에는 전혀 흥미가 없으면서 영적인 것을 찾아 마야 문명에만 빠져드는 사람들이 많은 듯하다. 이런 현상이 마야 연구에 대한 편견을 만들고, 연구 현장을 혼란스럽게 했음은 상상하기 어렵지 않다. 이 때문에 누구나 당연하게 생각하는 언어학자의 참여가 현저하게 늦어져 해독이 지연된 것은 불행한 일이 아닐 수 없다.

여기서 이야기가 잠시 곁길로 빠지지만, 언어학자라고 하는 부류 중에는 천재적인 사람이 많은 모양이다. 나는 암호에 관한 책을 좋아하는데 암호학자나 언어학자라는 인종은 바람처럼 나타나 보통 사람이라면 도저히 혼자서 해낼 수 없는 일을 완수하곤 한다. 천재라는 존재는 인류에게 도약판과 같다.

그중 가장 먼저 머리에 떠오르는 인물이 로제타석Rosetta Stone에서 이집트 상형문자를 거의 혼자서 해독해낸 프랑스인 샹폴리옹Jean FraÇois Champollion이다. 상형문자를 해독했을 당시 그는 스무 살이 될까 말까 한 나이였고, 마흔 남짓의 짧은 생을 살았지만 그가 이룩해놓은 업적은 이루 헤아릴 수가 없다.

칼라크물 유적을 안내해준 문화인류학자 마르코 박사 역시 언어학자의 머리 구조는 다른 학자들과 완전히 다르다며 내 말에 공감했다. 그는 "그들의 머리엔 우리와 전혀 다른 칩 콘덴서가 들어 있다"고 표현하면서, 엄청난 양의 표본을 기억하고, 그 표본을 순식간에 참조하고 조합하는 동안 불현듯 번뜩이는 발상을 해낸다고 한다. 실제 마야 문자도 그러한 소수의 천재 언어학자가 도약판 역할을 함으로써 해독이 진행되고 있다.

이야기를 돌려 이전에 역법과 건축을 소재로 썼던 소설의 한 대목을 인용해보자. 다음은 주인공의 아버지인 고고학자의 말이다.

중남미 국가들은 모두 태양신을 숭배하고 있어. 태양은 생명과 재생의 상징이기도 하지. 마야 역시 마찬가지야. 태양의 힘이 가장 약해지는 동지 무렵을 신년으로 삼는데, 새해와 함께 태양이 점점 부활하면서 그 힘을 키워가는 것이지.

마야의 수는 이십진법이야. 놀랍게도 그들은 숫자 0의 개념도 가지고 있었어. 그러니까 달력도 20일이 1개월이고, 18개월 즉 360일에 5일을 더해 1년이었던 셈이야. 마야력에는 오랜 기간을 기록하기 위한 단위가 있었는데, 이것 역시 모두 이십진법으로 돼 있었어. 360일은 1툰tun, 20툰은 1카툰katun, 20카툰은 1바크툰baktun이지.

마야 건축은 세대를 거치면서 그 위에 계속 짓는 것이 특징이야. 건물의 소유주나 도시의 지배자가 죽으면 옛 건물을 덮어서 감추기라도 하듯 새로운 부분을 끊임없이 더했지. 그래서 건물 옆으로 돌출된 것도 많아. 하나의 건축물 안에 몇 세대의 건축물이 복합적으로 들어 있기도 해. 도시 아래에 옛 거리가 고스란히 묻혀 있는 경우도 부지기수지. 아직 발견되지 않은 지하도시도 분명 있을 거야.

위와 같은 태양이나 별에 대한 마야인의 관념과 마야의 건축 양식은 앞으로 나올 여행지 곳곳에서 눈으로 직접 확인할 수 있다.

태양의 예감

눈을 뜰 때부터 예감은 있었다.

이날도 새벽같이 출발. 아침은 시장에서 먹을 예정이라 생략. 하늘은 맑고 구름 한 점 보이지 않는다.

곧게 뻗은 도로를 달리고 있으니 숲에서 새어 들어온 빛이 도로 위에 바코드 같은 모양을 만든다.

그리고 일출.

동쪽 숲의 가장자리가 반짝하고 빛을 내더니 순식간에 세상이 윤곽을 드러낸다.

극적인 변화. 이 얼마나 위대하고 강렬한 빛인가. 한여름 도쿄의 태양과도 조금 다르다. 일출 전 연푸른빛을 띠던 하늘이 태양이 뜨는 순간 새파래진다.

멕시코에 와서 처음으로 본 맑은 하늘이다.

기온이 점점 오르는 게 피부로 느껴진다. 세상이 삐꺼덕하는 소리를 내며 땅 위로 떠오르는 듯하다.

한 치의 빈틈도 없이 내리쬐는 태양의 위력을 이렇게 실감해본 적이 없다. 일본과는 색채가 전혀 다르다.

내게 멕시코 하면 떠오르는 이미지는 미술가 도네야마 고진(利根山光人, 전후 일본 미술계를 주도한 화가로, 멕시코를 소재로 한 정열적인 작품을 많이 남겨 태양의 화가로도 불린다—옮긴이) 이 쓴『멕시코 민속예술 여행』의 영향을 많이 받았다. 화려한 색채의 민속공예품, 그리고 발랄한 해골 모양의 설탕과자가 가득한 멕시코의 백중날 '사자死者의 날Dia de Muertos'. 이런 이야기를 하다가 우연히 S씨가 도네야마 씨와 연이 있을 뿐만 아니라 많은 애정까지 받았다는 것을 알게 되었다.

요즘에는 영화의 영향으로 화가 프리다 칼로Frida Kahlo가 유명하다. 하지만 멕시코 국민은 벽화운동을 이끌었던 그녀의 남편 디에고 리베라Diego Rivera를 위대한 국민 화가로 꼽는다. 시종일관 사적인 주제의 그림만 그리면서, 말하자면 리베라의 '구색을 맞추는' 존재밖에 되지 않았던 프리다를 위해 관광객에게 인기 있다는 이유로 기념관까지 지은 것은 이해할 수 없다는 것이 현지인들의 솔직한 심정인 모양이다.

'사자의 날'은 실제로 본 적이 없지만 꽤 흥미롭다. SF 작가 레이 브레드버리Ray Bradbury의 단편에 자주 묘사되기도 했다. 환상적인 혹은 기괴한 이야기 속의 어둠과 색채와 해골 모양의 설탕과자에서 강렬한 인상을 받았다. 언젠가 실제로 꼭 보고 싶다.

도중에 군인들이 검문을 했다. 총기나 마약을 소지했는지 감시하는 모양이다. 예바르긴 했지만 소총을 든 병사들이 우리를 둘러싸고 차에서 내리게 한 뒤 좌석 아래까지 샅샅이 뒤지는 모습을 보고 있자니 절로 긴장이 됐다.

멕시코는 넓다. 총이나 마약의 반출과 반입도 큰 문제지만 최근에는 조류 인플루엔자 등의 영향으로 가금류의 이동에도 민감하다고 한다. 총을 지니지 않은 사람들에게 한 차례 더 검문을 받았는데 그들은 농수산부 직원이었다.

언제나 그렇듯이 곧게 뻗은 도로 끝 하늘에 오도카니 아치가 걸려 있다. 도로의 양옆으로 펼쳐진 숲을 연결하는 다리처럼 생긴 이 아치는 캄페체Campeche 주로 들어간다는 표식으로, 식민지 건축 양식으로 지은 거대한 돌기둥이다.

모나 촌 공영시장에 닿을 무렵, 햇살은 한층 강렬해졌고 태양은 더욱 높아졌다. 시장은 천장이 높고 내부는 미로 같았다.

색채의 홍수. 옷가지와 카세트테이프를 비롯 생활용품에 식재료와 각종 잡다한 것을 팔고 있는데, 이 모든 것이 원색적이다.

시장 안쪽으로 늘어선 식당 중에서 C씨가 추천하는 곳으로 들어갔다. C씨는 아침과 점심을 충분히 먹고 보통 저녁은 먹지 않는다고 한다. 두꺼운 토르티야에 살사소스로 버무린 닭고기나 콩류가 들어 있는데 그 양이 엄청나다. 금세 배가 불렀다. 아침을 충분히 먹는 것은 좋지만, 식사를 할 때 콜라나 소다 같은 탄산음료를 함께 마시는 현지인을 따르는 것은 영 고역이다. 바나나주스로 빡빡한 음식을 어찌어찌 넘겼다.

아침을 먹으면서 천장에 걸려 있는 민속의상을 훑어봤다. 이 주변은 비교적 전통 생활상이 잘 남아 있는 곳인 듯했다.

주의깊게 보니 민속의상은 흰색이다. 그리고 민속의상을 입은 사람은 대부분 여성이다. 유치원에 다닐 때 입었던 스목smock과 비슷하다. 옷깃과 자락에 다양한 모양의 자수를 놓은 것도 있고, 옷깃이나 치맛자락을 따로 덧댄 것도 있다. 옷자락 아래로 (대개 흰 레이스로 된) 페티코트 같은 것이 보이는데 이것도 자세히 보니 페티코트를 따로 입은 것과 스목 모양의 옷자락 안에 페티코트처럼 보이게 덧댄 것이 있다. 기본적으로 민속의상 자체는 모두 비슷하지만 옷깃과 자락의 색, 모양, 디자인은 실로 다양해서 입은 사람의 취향이 드러나 있다. 화려하고 개성 있는 디자인도 있지만 온통 파란 빛깔의 자수가 놓인 옷도 훌륭했다. 마로 된 숄을 옷깃에 감고 있는 사람도 많았는데, 대개 수수한 색이 많아서 옷과 잘 어울렸다.

시장 안에는 다양하고 질 좋은 과일이 가득하다. 남국의 색, 남국의 힘이 넘친다. 꽤나 배짱 두둑해 보이는 멋진 아주머니가 맛을 보라며 준 과일은 농익은 향과 씹는 맛이 일품이었다.

중남미에 있는 호텔들은 아침식사 때 과일을 산처럼 내온다. 물을 벌컥벌컥 마시는 것보다 과일을 먹는 것이 수분과 비타민을 섭취하는

데 훨씬 효과적이다. 현기증이 날 정도로 햇살이 강렬하니 과일 섭취는 그야말로 사활이 걸린 문제다.

시장을 나와 어슬렁거리는데 해는 중천에 걸려 양지바른 곳을 조금만 걸어도 어질어질할 정도로 살인적인 빛을 내뿜는다. 구름 낀 날씨가 얼마나 고마운지 비로소 깨달았다. 모든 것의 수분을 앗아가는 빛. 세상 만물의 윤곽을 다 드러내지 않고서는 성이 차지 않을 듯한 압도적인 빛. 그 엄청난 빛 때문에 눈을 뜰 수가 없다. 선글라스의 필요성을 태어나서 처음으로 실감했다.

덕분에 지금까지 그다지 의식하지 못했던 멕시코의 색채가 눈에 박히듯 들어온다. 부겐빌레아의 선명한 빨강, 도롯가에 산처럼 쌓인 과일의 주황, 벽에 칠해진 페퍼민트 그린과 장밋빛. 서로 경쟁이라도 하듯 저마다 윤곽을 드러내며 선명하게 떠올라 청명한 하늘의 파랑과 대조를 이루고 있다.

TERMINA CAMPECHE
PRINCIPIA YUCATAN
BASURA

반갑지 않은 방문자

CNN 뉴스를 보고 어렴풋이 예감은 했지만, 불길한 느낌은 곧 현실이 되었다. 미국 부시 대통령이 친미파인 멕시코 대통령을 만나러 온 것이다. 멕시코를 시작으로 중남미 몇 나라를 순방하는 모양이다.

멕시코에는 장원莊園 호텔이라는 숙박시설이 있다. 대농원의 유산이자 농장주의 저택이었던 것을 호텔로 새롭게 개장한 것이다. 요즘에는 대형 호텔보다 인기가 있고, 색다른 아이디어로 손님을 유치하면서 인근 마을의 발전에도 도움이 된다고 한다. S씨가 근처에 멋진 장원 호텔이 있으니 그곳에서 차를 마시자고 했다. 즐거운 마음으로 차를 몰고 가는데 웬일인지 하늘에서 두두두두 하며 헬리콥터가 빙글빙글 돈다. 아무리 봐도 블랙호크라 불리는 미국 군용 헬기다. 부시 대통령이 우리가 향하고 있는 장원 호텔에 묵는 것이다. 당연히 호텔과 그 일대는 출입금지. 뿐만 아니라 이후에도 멕시코는 물론 과테말라까지 부시 내통령과 똑같은 길을 가야 하는 처지가 되고 말았다.

중학교 3학년 때 교토京都로 수학여행을 갔을 적에 공교롭게 카터 대통령이 교토를 방문했다. 예정에 없던 갑작스러운 일이었는지 가는 곳마다 엄격히 출입을 금지당했고 관광버스는 모두 돌려보내졌다. 어디를 가든 버스에서 내리지도 못하고 다시 돌아가야 하는 사태가 반복되자 가이드가 이야기를 이어가느라 꽤나 쩔쩔맸던 기억이 있다. 그때 여행 일정의 대부분을 포기해야 하면서 느꼈던 원망이 지금 다시 부글부글 떠오른다.

할 수 없이 전통적 생활상을 볼 수 있다는 농가를 방문했다. 전형적인 마야 하우스다. 집터 안에 침실, 주방, 아이들 방으로 쓰는 건물이 몇 채나 세워져 있다. 집은 자신들이 직접 짓는다고 한다. 침실로 쓰는 건물 안에는 큼지막한 해먹이 걸려 있다.

유달리 눈에 띄는 커다란 제단에는 온갖 종교가 다 모여 있다. 마리아 상과 부인 사진, 친구와 찍은 사진, 신께 바치는 공물과 아이의 그림 등이 뒤죽박죽 섞여 놓여 있는 모습에서 묘하게 생활감이 넘쳤다.

안뜰에는 농사에 쓸 나무가 자라고 있다. 그들은 새끼줄 꼬는 법을 보여주고 토르티야까지 구워주었다. 갓 구운 빵은 꽤나 맛있었다.

이날은 불볕더위에다 일정이 닷새나 빡빡하게 이어졌던 점을 감안해 일찌감치 판을 접고 해가 지기 전에 욱스말 호텔로 돌아가기로 했다.

관광, 그 섬뜩한 이름

숲속 높은 평지에 지어진 호텔에선 정글 속 욱스말 피라미드가 보인다. 바꿔 말하면 피라미드에서도 이 호텔이 보인다는 이야기다. 현지에서 실제로 보니 피라미드 너머로 불쑥 솟아 있는 호텔이 솔직히 꽤나 눈에 거슬린다. 가이드가 "항상 볼 때마다 내 손으로 폭파시키고 싶은 마음이 든다니까요" 하고 농담반 진담반으로 이야기할 정도다.

유네스코 세계유산이라고 하는 널리 알려진 유명한 관광지가 생기고, 냉전 후 해체된 세계에 경제력을 갖춘 신흥 중산층이 등장하면서 세계적으로 관광 유행이 일어났다. 그러나 여행을 하다보면 이거 좀 어떻게 해야 하는 거 아닌가 하는 생각이 드는 장면을 종종 목격한다. 이 호텔 역시 수영장 따위를 만들지 말고 조금 낮고 수수하게 지었어도 얼마든지 피라미드가 보였을 것이다.

그건 그렇고 도대체 서양인들은 왜 그렇게 수영장에 집착하는지 나로서는 이해가 되지 않는다. 수영복을 입고 수영장을 거닐지 않으면 휴가를 즐기는 기분이 들지 않는 것일까? 일조시간이 짧기 때문이라는 설을 누군가에게 들은 적이 있는데, 그렇다고 도호쿠(東北, 일본 혼슈 북동쪽 지역으로, 흐린 날이 많고 일조시간이 짧다—옮긴이) 사람들이 수영을 좋아하는 것은 아닌 듯하다. 단지 휴양지 하면 으레 떠오르는 수영장이라는 상징 때문일 것이다.

나는 수영복으로 갈아입는 것이 귀찮아서 수영장이나 온천에 그다지 흥미가 없는데다 모르는 사람이 내 몸을 만지는 것도 익숙지 않아서 피부관리실도 좋아하지 않는다. 하지만 요즘 도쿄의 호텔들은 죄다 이런 것에 공을 들이는 모양이다. 게다가 내 또래 여자들은 대개 이런 것을 좋아하기 때문에 호텔에 틀어박혀 있을 때면 항상 종업원이 와서 "저희 온천은 매우 좋습니다. 정말 추천합니다"라며 친절하게 권유한다. 그때마다 나는 "예, 나중에 시간이 되면……" 하고 애매한 웃음으로 넘겨버린다.

세시가 조금 지나 호텔에 도착한 우리 일행은 레스토랑에서 시원한 맥주를 마셨다. C씨는 이번 일정이 워낙 대장정인 탓에 일단 집으로 돌아갔다가 내일 아침에 다시 합류하기로 했다.

방으로 돌아와보니 화장실 휴지가 냅킨 장식처럼 접혀 있다. 그런데 그 모양이 영 서툴러서 웃음이 터질 지경이다. 학이라도 접어놓고 갈까 하는 생각이 들 정도였지만 이렇게 휴지를 접어둔 호텔이 또 있는 것을 보면 나름의 객실 관리 전통인 모양이다.

나는 화장실 휴지 끝을 접지 않는다. 간혹 술집이나 레스토랑 화장실에서 먼저 들어갔던 사람이 접어놓은 것을 보면 발끈한다. 화장실 휴지 끝을 접는 것은 청소가 끝났다는 표시인데 청소를 한 것도 아니면서 왜 접는 거야 하고 속으로 소리친다. 내가 관찰한 바에 의하면 화장실 휴지 끝을 접는 사람일수록 종이 타월을 두 장씩 뽑아 쓴다.

저녁식사는 뷔페식이었는데 불에 너무 오래 익혔는지 무얼 먹어도 맛을 전혀 느낄 수가 없어서 두 손 두 발 다 들었다. 분명 몇 번이나 재료를 다시 쓴 게 틀림없다. 나는 뭐든 가리지 않고 잘 먹는데다 특별히 일본 음식을 선호하지도 않아서 현지 음식에 잘 적응하는 편이지만 음식에서 아무 맛도 나지 않는 것은 정말 괴로웠다. 일본에서 가지고 온 간장과 폰즈(등자열매즙에 간장과 다시마 우린 물 등을 배합한 소스로 주로 전골 요리와 함께 먹는다—옮긴이)를 꺼낸 것은 이때가 처음이자 마지막이었다. 요리에서 일말의 정성이 느껴지지 않는 이유는 대규모 관광지인 욱스말과 가깝다는 지리적 이점이 있어서 뜨내기손님만으로도 돈벌이가 충분하기 때문일 것이다.

아직 이른 시간이고, 숙소 바로 앞에 유적이 있기 때문에 내일은 느긋하게 출발할 수 있어서 O씨, S씨와 셋이서 방으로 돌아와 가키노타네(柿の種, 감씨처럼 생긴 과자로, 인기 있는 맥주 안주다—옮긴이)와 말린 오징어를 놓고 한잔하며 잡담을 나누었다.

여행의 시간

멕시코 여정의 중반. 고된 이동을 반복하다가 이렇게 뻥하고 시간이 비면 공기주머니에 들어간 듯 느낌이 묘하다. 그리고 나중에 되돌아보면 목적지를 향해 기를 쓰고 달리던 때보다 이렇게 보낸 시간이 더 기억에 남는다.

창문 너머로 보이는 수영장 저편으로 저물어가는 하늘, 방안 거울에 비친 모자, 침대 옆 탁자 위에 놓인 조명.

사실은 이때 일기를 써야 했지만, 정리해야 할 정보가 너무 많아 머리가 이를 거부했다. 잊지 않을 정도로 간략히 메모만 해두고 오랜만에 책을 손에 들었다.

나는 해외여행을 갈 때마다 어떤 책을 가져갈지 고민하는데, 경험상 조금 오래전에 출간된 책을 가져가면 잘 읽을 가능성이 높다.

이번에 챙긴 책 가운데 요시다 겐이치(吉田健一, 영국 문학과 프랑스 문학을 중심으로 활동한 평론가 겸 소설가—옮긴이)의 여행기를 집어들었다. 이런 환경에서 농후하고 개성이 강하면서도 확고한 일본어가 머릿속에 쏙쏙 들어오는 것은 신기한 일이다. 존재의식이 불안하게 흔들리는 이국땅에서 마주하는 견고한 모국어는 나를 모국이라는 항구와 이어주는 듯한 안정감을 준다.

멕시코에 있는 이 시간, 내가 살고 있는 현대 일본의 시간, 요시다 겐이치가 살았던 과거의 시간이 정글 속 호텔방 한쪽에서 끈적하게 얽힌다. 이런 감각이야말로 잠시나마 다른 인생을 사는 여행의 가장 큰 묘미일 것이다.

멕시코에 온 뒤로는 순식간에 잠에 빠져들어 꿈도 거의 꾸지 않았는데 이날 처음으로 꿈을 꾸었다.

기묘한 꿈이었다.

눈앞에 벽화 같은 것이 보인다. 벽화에는 많은 사람들이 그려져 있다. 물론 옛날 이 땅에 살았던 사람들이다. 벽화 속 그 많은 사람들이 살아나 엄청나게 빠른 속도로 나를 향해 뭔가 말을 한다.

제대로 의관을 갖춘 신관들, 그것도 젊은 하급 신관처럼 보이는 사람들이었다. 어쨌든 그들은 따발총처럼 나를 향해 한시도 쉬지 않고 뭔가 이야기했다. 한 사람씩 알아듣도록 얘기해주기를 바랐지만 그 누구도 멈출 생각을 하지 않고 자기가 떠드는 것에만 열중해서 내가 말을 알아듣지 못한다는 사실도 개의치 않고 퍼부어댔다.

마야 사람들은 말이 많구나 하는 생각에 나는 꿈속에서도 질려버렸다.

마법사 피라미드

오랜만에 출발 전까지 여유가 있어서 다섯시 반에 일어나 일기를 썼다. 그리고 일곱시 반에 아침을 먹고 욱스말 유적으로 향했다. 쾌청하다고 할 정도는 아니지만 맑고 무더운 날씨다.

욱스말 안내를 맡은 호르헤 씨는 겉보기는 백인의 외양으로, 진지한 얼굴에 옛날 개그를 연발하는 아저씨였다.

나는 멋대로 욱스말 유적에 '하쿠호白鳳 시대'(일본 미술사의 시대 구분 중 하나로, 7세기 후반에서 8세기 초까지를 가리킨다—옮긴이)라는 이름을 붙였다. 그 우아하고 치밀한 디자인이 '하쿠호 시대' 미술품을 방불케 한다. 사용한 돌의 성질 때문인지 다른 유적보다 유독 하얘서 우아하고 품위 있다.

욱스말은 치첸이트사와 어깨를 나란히 하는 대규모 관광지로, 유적 입구에는 대형 주차장, 특산품 가게, 대형 패스트푸드점이 경영하는 카페 테라스가 빼곡하다. 이른 시간임에도 이미 관광버스가 주차장에 착착 들어서 있어서 관광지 특유의 떠들썩한 소음을 예감했다.

언제나처럼 피라미드는 거대했다. 그러나 이제까지 봐온 네모난 계단형 피라미드와 달리 하단이 완만한 타원형이다. 팔렌케나 칼라크물이 다이아블록으로 만든 것이라면 욱스말은 레고로 만든 피라미드였다.

이 피라미드를 어떤 마법사가 하룻밤에 만들었다는 전설이 있다는데, 그 우아하고 자연스러운 자태를 보고 있노라면 혼자서 쓱싹 피라미드를 쌓은 듯한 경쾌한 느낌이 들기 때문이 아닌가 싶다.

중정을 둘러싼 신전의 벽면은 치밀하고 섬세하게 꾸며져서 격조 있는 아름다움을 자아낸다.

욱스말에는 특히 비의 신 차크몰Chacmol 상이 많다. 이 주변에는 강이 없어서 오직 비에 의지해야 했기 때문에 어느 건축물이든 차크몰이 주렁주렁 달려 있다. 마찬가지로 물의 상징인 뱀 조각상도 많다. 어느 나라에서든 뱀은 물의 화신이다. 아마도 비와 연관 있는 번개나 땅 위를 흐르는 물과 비슷하게 생겼기 때문일 것이다. 아시아에서는 뱀의 친척뻘인 용이 물의 신이라는 이미지가 강하다.

차크몰을 보고 있으니 초기 비디오게임에 등장했던 캐릭터가 떠오른다. 디지털 시계의 숫자처럼 얼굴을 직선으로만 그리면 이런 모양이 되지 않을까. 사람들의 무의식 혹은 공동의식 속에 묻혀 있는 얼굴.

그것을 단순하게 형상화한 얼굴. 그것이 바로 차크몰 상일 것 같다.

일본의 반야般若 탈(질투와 분노에 불타는 추녀의 탈로, 뿔이 두 개 달리고 이빨이 길다—옮긴이)에서도 비슷한 느낌이 난다. 이것 역시 우리 모두가 알고 있는 얼굴이다. 무수한 여자들의 무의식 속에 숨은 얼굴. 누구나 여자의 얼굴에서 이런 표정을 본 적이 있을 것이다. 설령 실제로 본 적이 없다 하더라도 활짝 웃는 얼굴 혹은 무표정한 얼굴에서 한 순간 스치는 반야의 기운을 느낀 적이 있을 것이다.

사크베

광대한 욱스말 유적에서 처음으로 제대로 된 '사크베Sacbe'를 봤다. 사크베는 '흰 길'이라는 뜻으로, 말하자면 잘 포장된 도로다. 1~2미터 정도로 지면을 높여 회반죽을 발랐다고 한다. 배수가 잘 되도록 하기 위함일 것이다. 예전엔 도시 내의 도로나 다른 도시와의 연결도로로 이용했던 모양이다.

지금은 회반죽도 벗겨지고 지면과 별 차이가 없을 정도로 마모가 심하지만 4차선 정도로 꽤 폭이 넓은 것을 보면 당시의 기반시설 치고는 꽤 수준이 높다.

재미있는 것은 이런 기반시설을 갖췄는데도 마야에는 수레바퀴가 없었다는 것이다. 바퀴가 굴러가기에 맞춤한 도로인데도 말이다. 말도 좋다. 말이 달리기에도 딱 좋은 폭이다. 그러나 마야에는 말도 없었을 것이다.

역시 마야는 하늘에서 날아온 도시인 걸까? 아니면 사크베에 회반죽 말고도 다른 뭔가가 발라져 있어서 리니어 모터 카 같은 반발력으로 공중에 뜬다든지…… 나는 이런 것을 상상하는 쪽이 훨씬 쉽다.

보통 도쿄에서 일상을 보낼 때면 공간을 파악하기가 힘들다. 기껏해야 맨션과 그 주변, 역과 이어진 상점가, 철도 터미널을 상상하는 것이 고작일 뿐 자신이 사는 도시의 공간적인 규모를 실감하기가 쉽지 않다. 내 머릿속 도쿄는 모자이크 같은 도시다. 각 시대와 표정의 서로 다른 조각들이 대충 얽혀 있을 뿐 연속성이 없어서 전체적인 그림이 잘 보이지 않는다.

같은 도시라도 교토는 내내 정체성이 확고하다. 그런 만큼 표정이 변하더라도 지금까지의 세월이 지층처럼 쌓여 있어서 희미하게나마 곳곳에서 과거가 투영되어 나타난다.

한편 대평원과 정글이 펼쳐진 이곳 유카탄 반도는 어딘지 모르게 각각의 도시가 '이어져 있다'는 느낌을 준다. 그 끝을 알 수 없는 지평선. 분명 유적이 여기저기에 흩어져 존재하지만 이는 각각의 마을이 부양할 수 있는 인구가 한정되어 있었기 때문에 자연히 그리되었을 것이다. 그래서인지 신기하게도 지평선 저 끝에서 타자의 존재가 느껴진다. 옛사람들도 필시 이를 느끼지 않았을까? 이 사크베 기술만 봐도 우리의 상상 이상으로 긴밀한 네트워크를 유지하면서 빈번하게 교류를 했을 것이다. 세세한 부분은 다르지만 유적 양식이나 구조가 비슷한 것도 그 증거다.

마야 사회는 중앙집권형이 아닌 네크워크형 사회였기 때문에 도시마다 성쇠는 있었지만 마야 문명 자체는 길게 유지되었던 것으로 보인다. 이는 미래 사회의 모습이기도 하다. 중앙집권형이나 상명하복식 조직은 단번의 공격에도 붕괴할 수 있다. 그에 반해 작은 커뮤니티가 느슨하게 이어진 인터넷형 조직이 미래에는 더 적합할 것이다.

그러면 오래 유지되었어야 할 마야 문명이 어째서 망했을까? 역시 물 때문인 듯하다.

도쿄든, 지방이든, 해외 대도시이든 반드시 가까이에 큰 물의 기운이 있다. 물 냄새가 느껴진다. 그러나 유카탄 반도는 그렇지 않다. 쉽게 물을 확보할 수 있다는 안정감이 없다. 항상 '어딘가에서 물을 얻어야 한다'는 초조함이 든다. 이것은 매우 중요하다.

물이 부족했기 때문에 이런 형태의 문명이 탄생했고, 결국 이런 형태의 문명이 멸망한 것이다. 본디 적은 인구밖에 부양할 수 없는 소도시가 비대해지면 저수지를 만드는 등 자구책을 세우지만 비상사태가 닥치면 쉽게 붕괴한다. 그 계기가 바로 수천 년 만의 유례없는 대가뭄이었을 것이다. 하나의 대도시가 주민을 부양하지 못하게 되면 인구는 다른 곳으로 빠져나간다. 그러나 옮겨간 곳도 애당초 그만큼의 인구를 받아들일 수 없는 규모이기 때문에 이곳저곳을 전전하는 난민들이 생겨나면서 도미노가 쓰러지듯 각각의 부락이 멸망했을 것이다.

1900
118

태양의 탑

열시가 조금 지나 극도로 혼잡했던 욱스말을 빠져나와 치빌찰툰Dzibilchaltún으로 향했다. 이 유적은 단순하면서도 대단히 강렬했다.

잘 닦인 직선 사크베가 있고 그 끝에 탑이 있다. 심플한 피라미드 위 신전에는 구멍이 움푹 뚫려 있는데, 춘분이 되면 그 구멍으로 태양이 쏙 들어온다고 한다.

'태양 쇼' 장치가 있는 피라미드를 여럿 보았지만 이곳은 그야말로 단순하면서도 사람 얼굴 모양을 한 신전이 태양과 어울려서 꽤나 인상적인 광경을 연출했다. 인간이란 역시 강렬한 한 방에 쉽사리 사로잡히는 모양이다.

그런데 이 심플하면서도 카리스마 넘치는 신전 위를 낯익은 검은 헬리콥터 한 대가 두두두두 멋없는 소리를 내며 돌아다닌다. 그렇다. 부

시 대통령 일행이 오늘도 우리를 뒤따르고 있었던 것이다.

블랙호크를 피해 S씨가 택한 장원 호텔에서 우아하게 점심을 먹었다. 장원 호텔은 소박한 마을 외곽에 있었다. 마을 사람들의 생활과는 완전히 별세계인 개인 소유의 대저택을 매입해 호텔로 개조한 것이다.

점심을 먹고 호텔 안을 보고 싶다고 S씨가 청하자 기꺼이 안내해줬다. 중정, 수영장, 비어 있는 방 모두 천장이 높은 정통 식민지 시대 건축 구조로 되어 있고, 다른 투숙객과 최대한 마주치지 않도록 설계되어 있었다. 나중에 묵었던 칸쿤의 대형 호텔도 쾌적했지만 나라면 당연히 은신처 같은 이곳을 택하겠다.

메리다 마을에서

오늘밤과 내일은 치첸이트사에 있는 호텔에 묵는다. 메리다는 욱스말에서 치첸이트사로 가는 도중에 있는 유카탄 주의 주도다. 자동차를 몰고 시내에 들어서자 관광 마차가 오래된 마을 풍경 속을 느긋하게 달리고, 낡은 석조 건물이 길게 늘어서 있다. 활기가 넘친다. 오랜만에 도시에 온 기분이 난다.

하루의 대부분을 아무것도 없는 도로 위에서 보낸 우리들이 가장 먼저 향한 곳은 마을 외곽에 있는 대형 문구점이었다. 나는 전지가 빨리 닳는 디지털카메라 때문에 전지를 잔뜩 샀고, O씨는 그동안 엄청나게 찍은 사진을 저장하기 위해 DVD용 CD를 샀다. 사무용품만큼은 이런 대형 문구점에서 사는 것이 좋다.

메리다 마을에서는 유카탄 인류박물관을 둘러봤다. 볼거리가 꽤 많고 재미있었다. 각지에서 사용했던 오래된 도구와 함께 산 제물로 샘에 던져졌던 사람의 의복 일부나 공물 같은 유물이 풍부하게 전시되어 있었다.

멕시코 여행 첫날 크리스토퍼 박사 덕분에 메소아메리카 최초의 문명인 올메카 문명의 개인 소장 유물을 사진으로 볼 수 있었는데, 그에 필적하는 다양한 시대의 금 조각과 비취 공예품이 정말 많아서 어느새 나도 모르게 "갖고 싶다!"는 말을 연발했다.

미술품이나 골동품에 대한 나의 평가는 전적으로 갖고 싶은가 혹은 집에 장식하고 싶은가에 달려 있는데, 대개는 보는 것으로 만족한다. 그런데 올메카 문명의 유물은 하나같이 집에 두고 싶은 것들뿐이다. 나에게는 매우 드문 일인데, 지금도 여전히 멕시코에서 봤던 세공물이 눈앞에 아른거린다. 음, 역시 갖고 싶다(하지만 그런 물건을 집에 두면 악몽을 꾸거나 고대인의 저주에 걸릴지도 모르겠다. 아니 아니, 괴기소설을 쓸 때 꽤나 도움이 될지도 모르겠다).

치첸이트사에 입성하다

메리다 마을을 떠나 드디어 마야 유적의 하이라이트 치첸이트사에 입성했다. 조금씩 해가 저물어 치첸이트사에 닿을 무렵엔 이미 땅거미가 지기 시작했다.

오늘과 내일, 이틀을 묵을 호텔은 유적 한가운데 있다. 토지에 대한 권리가 어떻게 되어 있는지 알 수 없지만 아마도 세계유산으로 지정되기 오래전부터 이 땅에 있다가 현재까지 그대로 이어져내려온 것이 아닐까 싶다. 실제로 호텔 뒤뜰에서 걸어서 채 십 분도 안 걸리는 곳에 그 유명한, 깃털 달린 뱀인 쿠쿨칸Kukulkan이 비상하는 모습을 볼 수 있는 피라미드가 있다.

호텔은 개방적인 구조로 되어 있고, 계단이나 바나 라운지는 바깥으로 나 있다. 현관에서는 '천문대'라 불리는 유적이 석양 속에 떠올라 있는 모습이 보인다.

울창한 정글로 둘러싸여 호텔 안은 어둑어둑하다. 커다란 중정에도 키가 큰 나무들이 치솟아 있어서 심지어 한낮에도 볕이 잘 들지 않는다.

레스토랑 역시 사방이 트인 탓에 나는 금세 모기 밥이 되었다. 그렇지 않아도 모기가 좋아하는 체질인데 이런 곳에선 더 말할 나위가 없다. 단체 손님으로 레스토랑이 혼잡하기도 해서 일찌감치 식사를 마치고 O씨, S씨와 함께 내 방에서 술을 마셨다.

우리 셋이 묵을 방은 조금씩 구조가 달랐지만 한결같이 세련됐다. 내 방엔 커다란 붙박이 옷장이 있고, 옷장 한 면 가득 큰 거울이 붙어 있다. 그 맞은편에 있는 커다란 소파에 앉아 우리는 얼마간 수다를 떨었다.

내일은 드디어 마야 문명의 상징인 치첸이트사에 간다. 두 사람 모두 방으로 돌아가고 나는 혼자 남았다.

자, 그럼 이제 고백을 하겠다. 왠지 이 호텔, 들어선 순간부터 느낌이 좋지 않았다. 낡은 곳 없이 깨끗하고 모던하게 잘 꾸며져 있어서 특별히 기묘한 분위기가 나지는 않는다.

그럼에도 어디선가 이상한 느낌이 감지된다. 현관 벽에 걸린 창립자 백인 부부의 초상화, 울창한 중정, 바깥으로 나 있는 긴 복도. 장소는 완벽하다. 고딕 영화의 무대로 이보다 더 적합한 곳은 없다.

미리 말해두자면 나는 호러나 SF물을 쓰고 있지만 유령도 UFO도 믿지 않고 본 적도 없으며, 영감이라 부를 만한 능력도 전혀 없다. 오히려 O씨가 그런 감각이 있는 모양이어서 여행중에 묵는 호텔에서 종종 무서운 일을 겪는다고 한다(덧붙여 말하면 O씨는 이 호텔에 아무 문제가 없었다고 한다).

나는 한 번도 그런 일을 겪은 적이 없을 뿐만 아니라 어디서나 잠도 잘 잔다. 지금껏 딱 한 번, 일본 어느 호텔에서 '왠지 무서운' 느낌을 받은 적이 있다. 그 어떤 특별한 일도 일어나지 않았지만 방안의 불을 모두 켜둔 채 잠든 것은 그때가 처음이었다(아마 그때 읽었던 책도 좋지 않았을 게다. 마침 오래된 저택을 무대로 한 로버트 고다드Robert Goddard의 고딕호러물을 읽고 있었다). 게다가 그 호텔은 뉴잉글랜드풍으로 꾸며져 있었다. 뉴잉글랜드풍이라고 하면 영화 〈샤이닝〉과 함께 유령 저택 같은 이미지가 떠오른다.

그때 이후로 처음 느낀 감각이다. 어쩌면 S씨가 예전에 이 호텔에 묵었을 때 바퀴벌레를 봤다는 이야기 때문인지도 모르겠다. S씨는 이 세상에서 바퀴벌레를 제일 싫어해서(아마 좋아하는 사람은 없겠지만. 특히 여자들은) 이번엔 절대로 바퀴벌레가 나오지 않을 방으로 달라고 부탁했는데, 하필이면 또 S씨 방에서 그것이 나오는 바람에(웬일인지 꼭 그런 사람만 찾아다닌단다) 방을 바꿨다는 말을 들은 탓도 있을 것이다. 주변이 온통 정글이라 습한 기운이 머물러 있으니 얼마든지 바퀴벌레가 나오고도 남을 것 같긴 하다.

하지만 내가 느낀 이상한 기운은 그런 것과는 분명 다르다. 뭐라 말하면 좋을까. 공기가 무겁고 차갑다. 냉방 탓이 아니다. 옷장 한 면을 가득 채운 커다란 거울 탓도 있겠지만 알 수 없는 시선이 느껴진다. 그것도 차갑고 끈적한, 왠지 모를 악의에 찬 시선이다. 석벽으로 둘러쳐진 샤워실에도, 제트욕조 옆 우윳빛 유리 너머로 보이는 키 큰 나무들 사이에도 숨죽이고 노려보는 누군가의 시선이 있다(그런 느낌이 든다).

기분 탓이다. 분명히 기분 탓이다.

그렇게 스스로를 달래며 (그러나 불은 켜둔 채) 침대에 누웠다.

그러나 그날 밤, 나는 난생처음으로 기묘한 체험을 했다.

한밤중에 찾아온 사람

맨 처음엔 무슨 일이 일어났는지 몰랐다.

어쨌든 온몸이 무언가에 반응해 침대에서 벌떡 일어났다.

새하얀 머릿속.

뭐지?

지금 내가 어디 있는지조차 분간할 수 없다.

실제로는 아주 짧은 시간이었을 테지만, 정신이 들고 보니 나는 적막한 한밤중에 호텔 침대 위에서 몸을 일으킨 채 굳어 있었다.

무시무시한 노크 소리였다.

덩치 큰 거인이 있는 힘껏 문을 두드리는 것 같았다. 그것도 방 전체가 흔들릴 정도로 큰 소리였다. 그야말로 '한밤중 문 두드리는 소리에 잠이 깬' 꼴이다.

그러나 정신을 차리니 방안은 으스스할 정도로 조용했다. 문 쪽을 봐도 전혀 인기척이 없다. 방문 위쪽이 우윳빛 유리로 되어 있고, 그 옆으로 환기 창문이 있기 때문에 누군가가 있다면 그곳에 비쳤을 것이다. 아니 그전에 미동도 없이 무거운 정적이 온 방을 누르고 있어서 누군가가 있다거나 뭔가가 지나간 기색이 없음을 본능적으로 느꼈다.

시계를 보니 한밤중이다. 새벽 세시가 조금 지난 시간. 나는 아주 천천히 주위를 둘러보았다. 자기 전에 불을 켜두었던 방은 아무 일 없다는 듯 밝았고, 펼쳐둔 짐도 그대로다.

어안이 벙벙했다.

그러면 바로 조금 전에 나를 깨운 큰 소리는 뭐지?

완전히 잠이 깬 뒤 기억을 반추했다. 몸이 무언가에 반응해 벌떡 일어났을 때는 분명 그 계기가 있을 것이다.

어마어마한 노크 소리에 몸이 흔들렸던 기억도 있다. 연일 피로가 쌓인 탓에 어젯밤도 평소와 다름없이 침대에 눕자마자 깊은 잠에 빠져 꿈조차 꾸지 않았다.

누가 깨운 걸까? 아니면 무엇이 나를 깨운 걸까?

멍하니 누워 생각해봤지만 전혀 감을 잡을 수가 없었다. 다음날 같은 층에 묵었던 O씨에게 밤사이 무슨 소리를 듣지 못했는지, 큰 소리가 나지 않았는지 물어봤지만 아무 소리도 듣지 못했단다. 그러나 꿈이라고 하기에는 소리가 너무나 컸다. 실제로 진동을 느끼고 몸이 반응해서 벌떡 일어날 정도였으니 무슨 소리가 들린 것은 분명하다.

나는 다시 눈을 붙이지 못하고 침대 위에 일어나 앉았다. 일단 푹 자기는 했으니 침대에서 나와 커피메이커로 차를 끓였다. 실로 오랜만에 방안에서 뜨거운 차를 마시는 터라 좋았다.

차를 마시며 가만히 앉아 있었던 그 순간은 기묘하게 정신이 맑았던 생생한 시간이었다. 세상에 나만 홀로 일어나 있는 듯했지만 정신은 꽤 또렷했다. 지금 생각하면 그것은 또 그것대로 신기한 느낌이다.

갑자기 멀리서 날카로운 울음소리가 들렸다. 마치 쇳소리처럼 철로 된 난간을 쇠막대기로 두드리는 것 같았다. 소리가 길게 꼬리를 끌며 사라졌다.

저것이 공작 울음소리인가 하고 생각했다. 수컷 공작은 밤에 운다고 한다. 원숭이 울음소리와는 조금 다르게 귀에 거슬리는 소리다.

조금 전 나를 깨운 것이 저 소리였을까? 냉정하게 생각해봤다. 저 소리도 깜짝 놀랄 만하지만 음량이 다르다. 내가 느낀 것은 문밖에서 실제로 문을 두드리는 진동이었다. 복도가 외부와 이어져 있으므로 공작이 들어온다고 해도 이상한 일은 아니겠지만 공작이 과연 그렇게 큰 소리를 낼 수 있을까?

결국 그후로는 아침 새가 울 때까지 아무 소리도 듣지 못했고, 쇳소리 같은 울음소리도 두 번 다시 들리지 않았다. 나는 그대로 일기를 끼적이다 여우에 홀린 기분으로 아침을 맞았다.

전사의 신전

아침노을에 구름이 길게 드리운 이른 시간에 우리들은 호텔을 나섰다. 뒤뜰을 빠져나와 몇 분을 더 가서 시설 담당자를 만나 출입구 너머 아직 관광객이 들지 않은 신전 앞 광장으로 갔다. 일반인은 출입이 금지된 전사의 신전에 들어가기 위해서다.

신新 치첸이트사로 불리는 구역의 광장으로 들어섰다. 전사의 신전은 유카탄 반도에서 번성한 마야 문명의 오랜 중심지였던 치첸이트사에 있으며, 춘분과 추분에 쿠쿨칸이 나타나는 것으로 유명한 대신전 엘 카스티요El Castillo 옆에 위치해 있다. 아침해가 뜨는 방향을 향해 인신공양할 제물의 심장을 받들고 누워 있는 차크몰 상이 특히 유명하다.

차크몰을 감싸듯 두 줄로 늘어선 기둥 너머로 어슴푸레하게 떠 있는 구름과 태양을 보고 있노라니 치첸이트사를 둘러싼 '그들의' 질서가 피부 깊숙이 전해진다.

세계 공통적으로 기둥이란 신 그 자체, 혹은 신과의 교감을 의미한다. 전사의 신전을 둘러싸듯 정연하게 늘어서 있는 돌기둥은 그 자체로 존재감이 엄청나서 공연히 섬뜩하기까지 하다. 돌기둥에는 전사의 모습이 아름답게 조각되어 있는데, 회랑을 걷노라면 마치 기둥 속에 그들의 혼이 갇혀 있는 듯한 착각이 들면서 머릿속이 점점 무거워진다.

돌기둥 무리는 소리굽쇠를 연상시킨다. 기둥 사이로 진동이 울려 메아리치는 듯한 느낌이 들어서 사실이 아니라는 것을 알면서도 그 보이지 않는 파동에 취하는 것만 같다.

이곳 역시 비의 신 차크몰 형상이 넘쳐난다. 마야 문명에서는 드물게 제물의 머리를 매달아놓는 제단에 해골이 빼곡하게 그려져 있고, 거대한 구기장 벽에는 잘린 전사의 목에서 뿜어져나온 피가 뱀이 되어 공중에서 꿈틀거리는 모습이 그려져 있다. 이처럼 하나같이 세련된 '그들'의 이미지는 그 완성도가 보는 이를 압도한다.

산 사람을 던졌다고 하는 세노테(cenote, 석회암이 침몰해서 생긴 지하동굴에 고인 샘—옮긴이)의 하얀 석회암 벽과 뻥 뚫린 동그란 연못이 아름답다. 카라콜Caracol, 즉 달팽이라 불리는 곳은 아무리 봐도 오늘날의 천문대와 비슷하다. 입장 시간에 맞춰 밀려들어오는 전 세계 관광객들(물론 우리를 포함해)의 세련되지 않은 모습을 보고 있자니 문명이나 진보라는 단어의 의미를 새삼 다시 생각하게 된다. 아니, 의미라기보다는 문명이나 진보라는 말에서 위화감을 느꼈다고 하는 편이 정확할지 모르겠다.

일단 치첸이트사에서 나와 근처 에크발람Ek Balam의 거대한 피라미드를 낑낑대고 올라가 스케켄Xkeken이라 불리는 지하의 신비로운 세노테를 보는 와중에도 이 같은 위화감은 사라지지 않았다.

정오를 지나 일단 호텔로 돌아가 정원 쪽 테이블에서 맥주를 몇 병인가 마시고 태양이 기울기 시작할 즈음 다시 한번 치첸이트사 중심부로 향했다.

가이드는 햇살이 약한데다 원래 '뱀'이 보이는 때는 춘분과 추분을 전후로 나흘 정도라서 오늘은 안 되겠다며 안타까운 듯 말했다.

구층 석단인 엘 카스티요는 동서남북의 축이 약간씩 어긋나 있어서 계단 측면에 뱀 모양 그림자가 나타나는 것으로 유명한데, 물론 오늘 뱀이 보인다면 아마 관광객 수가 지금과는 비교할 수 없을 것이다. 그 날은 좌우지간 사람들이 어마어마하게 몰려든다.

그럼에도 우리는 해가 저물어가는 신전 앞에 앉아 눈을 떼지 않고 줄곧 그곳을 바라보았다. 희미하게 빛이 닿긴 했지만 햇살이 약해 그림자 경계가 흐릿하다.

서쪽 지평선에 펼쳐진 숲속으로 태양이 모습을 감추고 빛줄기가 사라질 때까지 우리들은 끈질기게 자리를 지켰다. 사실 뱀을 보겠다기보다는 그 장소의 분위기를 조금이라도 더 느끼고 싶은 마음 때문이었을 것이다.

그리고 나는 오늘 아침 이 장소에서 품었던 위화감을 계속 반추해 봤다. 그들은 우리와 근본적으로 다른 것이 아닐까, 우리의 언어로는 '그들'을 이해할 수 없는 것 아닐까, '문명'이라는 말의 근원적 의미가 그 출발부터 다른 게 아닐까 하는 의문이 머릿속에서 떠나지 않았다.

뭐라 표현하기 힘들지만 교토나 나라奈良에서도 비슷한 느낌을 받은 적이 있다. 정원이나 다실, 건축물, 그림을 보면서 지금과 비슷한 감각을 품었다. 이것은 무엇일까, 이 기묘하고 난해한 방향성을 지닌 현상은 무엇일까 하고.

DNA에 각인된 건지 향수나 공감을 느낄 때도 있지만 그럼에도 현대를 살아가는 우리의 눈에는 소위 일본 문화라 불리는 것들이 때로 기묘해 보이기도 하고, 외국인의 시각과 그리 다르지 않을 정도로 이질적으로 보이기도 한다.

나는 서양을 근대라는 이름과 동일시하거나, 기계화를 진보나 문명으로 여기는 것을 애초부터 찬성하지 않는 사람이다. 방향과 성질이 전혀 다른 인자를 비교하는 것 자체가 난센스다.

그리고 지금 이 마야 유적에서 받은 느낌을 통해 한층 굳은 확신을 얻었다. 분명 우리는 연속적인 존재가 아니라는 확신, 생물적으로는 연속적일지 모르나 문화나 의식에 있어서는 단속적斷續的인 존재여서, 그것을 공유하는 것 자체가 불가능하다는 확신 말이다.

최근 다원우주가 존재한다는 학설이 주목받고 있는데, 조금 거칠게 말하면 그것에 가깝다. 지금의 일본인과 과거의 일본인이 느끼는 세계는 전혀 중첩되지 않는다. 삶의 터전이 같고, 절이나 정원 같은 옛 공간이 그대로 남아 있다 하더라도 그 시대의 의식과 현재 우리가 사는 세계의 의식은 전혀 다른 곳을 향하고 있으며, 각자 서로 다른 세계에 존재한다.

마야 유적 역시 마찬가지다. 이곳은 지금의 멕시코와 전혀 연속적이지 않다. 옛 치첸이트사는 다른 멕시코, 다른 세계다. 언어나 가치관의 차이는 그대로 '전혀' 다른 세계를 출현시켰으며, 결코 이들은 융화될 수 없다.

시간과 공간은 복수로 존재하기 때문에 결코 일률적이거나 규칙적이지 않으며, 늘어나거나 줄어들거나 왜곡되거나 떨어져나가기도 한다. 인간의 의식 속에서 이 세계는 모자이크 형상으로 존재한다. 분명 그렇다. 이 위화감이 바로 그 증거다. 단속적인 세계의 작은 파편 위에 나는 지금 앉아 있다.

풀 위에 앉아 태양이 질 때까지 이런 막연한 생각을 두서없이 이어나갔다.

유카탄 반도의 밤

그날 밤은 가까운 장원 호텔 레스토랑에서 저녁을 먹었다.

유카탄 반도의 밤은 무겁다. 밖을 걷고 있으면 넓은 하늘이 그대로 어둠의 무게가 되어 밀도 높은 칠흑의 공기 속을 유영하는 기분이다. 긴 진입로를 천천히 걸어 저택 같은 장원 호텔을 빠져나와 우리 숙소로 일찌감치 돌아왔다.

내일은 드디어 멕시코 여정의 마지막 날이다. 내일 밤은 칸쿤의 대형 호텔에서 묵기로 했으니 끈적한 유카탄 반도의 밤은 오늘로 끝인 셈이다. 그러나 짐을 꾸리는 데 쫓겨 어젯밤의 기묘한 경험은 머릿속 한구석에 처박아둔 채, 평소와 다름없이 침대에 눕자마자 깊이 잠들어 전날처럼 중간에 깨는 일은 없었다.

역시 아침식사조차 준비되지 않은 어둑한 새벽에 일어나 무거운 여행가방을 차에 실었다.

그 경황없는 와중에도 호텔방과 복도에 떠도는 기괴한 분위기가 피부에 달라붙는 바람에 솔직히 말해 호텔을 떠날 때는 안도의 한숨이 나왔을 정도다.

도대체 그 사건은 무엇이었을까?

오히려 시간이 흐르면서 뭔가에 홀린 듯한 느낌은 강해졌다. 이 글을 쓰는 지금도 여전히 납득할 수 없는 궁금증이 증폭되는 한편, 기묘하게 정신이 맑았던 순간이 생생하게 떠오른다. 어쩌면 그날 밤 내 방만 현실에서 파편처럼 떨어져나왔던 것인지도 모르겠다.

이날은 맑고 무척이나 더웠다. 여느 때와 다름없이 강렬한 햇살은 끝없이 이어진 직선 도로를 발가벗길 듯 사정없이 내리쬐었다.

세상 만물 어느 것 하나 빼놓지 않고 두루 비추는 한낮의 태양과 압도적인 무게를 지닌 밤의 어둠.

그 대비는 강렬한 인상을 남겼다. 이렇게 차 안에 앉아 흔들리고 있으면 어젯밤은 마치 별세계처럼 느껴지고, 반대로 밤의 어둠 속에 있으면 태양 따윈 본 적도 없는 것 같다.

UFO도 유령도 본 적이 없지만 나는 지령地靈을 믿는다. 유카탄 반도라는 장소가 가진 힘은 강렬했다. 이토록 세련된 마야 문명이 탄생한 것도 당연한 일인 듯하다.

나는 개인적으로 '반도'라는 지리적 조건에 흥미를 느껴왔다. 반도는 사람이나 문물의 흐름이 머무르면서 천천히 발효해가는 곳이라는 느낌을 준다.

유카탄 반도엔 뭔가가 머물고 있다.

너무나도 강력한 지령이.

특히 치첸이트사나 욱스말 같은 거대한 마을이 남아 있는 곳에는 지금도 그 나름의 자장磁場이 건재한 것 같다. 그 한가운데 있는 호텔에도 자장이 미칠 것이다.

눈부시리만치 밝고 곧은 길, 그 어디에서도 그림자를 찾아볼 수 없는 길이 지평선을 향해 끝없이 이어져 있다.

치첸이트사에서 멀어질수록 '그때 확실히 누군가가 나를 찾아왔다'는 생각이 강해졌다. 지령이 인사를 대신해 이국의 글쟁이를 찾아온 것이다. 어쩌면 나를 다른 누군가와 착각한 것일지도 모른다.

그것이 누구라도 상관없다. 다만 모쪼록 나에게 어떤 영감을 주기 위해 찾아온 것이길 빈다.

프롤로그 3

2012년 10월 멕시코 칸쿤

"자기, 하루만 더 있으면 안 돼?"

샤론은 애써 자연스러운 말투로 '오랜만인데'(애원)와 '나하고 함께 있고 싶지 않은 거야?'(비난)를 섞어가며 말했다.

"이사회가 있어."

밥은 짧게 대답하고 이 문제를 매듭지으려 했다.

진짜 짜증나는 이사회. 추가예산 건은 골치 좀 아프겠지. 그야 프로즌 다이키리(frozen daiquiri, 럼에 라임주스와 얼음 등을 넣은 칵테일의 일종—옮긴이)나 마시면서 하루 더 있으면 좋겠지만 아내도 어슴푸레 샤론의 존재를 눈치채기 시작한 것 같다(알로하셔츠를 넣다가 들킨 것이 영 찜찜하다).

단번에 거절당한 샤론은 발끈했지만 더 깊이 추궁하지는 않기로 한 모양이다. 불만을 삼키고 털썩 소파에 몸을 던졌다.

조용한 프라이빗 비치의 차양이 드리워진 공간. 보기엔 시원하지만 실은 숨막힐 듯한 더위다.

오늘도 여전히 카리브 해는 밝은 오팔 색으로 빛난다. 그러나 저

너머 수평선은 어둑어둑하다. 곧 저기압이라도 닥칠 듯 짙은 구름이 하늘을 뒤덮고 있다.

미지근한 바람이 테이블 위 칵테일 잔 속 얼음에 박혀 있던 허브 잎을 흔들었다.

"어머, 또 늘었네."

샤론이 중얼거렸다. 밥이 얼굴을 든다.

"뭐가?"

"이구아나."

해변에 장식품처럼 늘어져 있는 모양 좋은 바위에 어느새 마른 나무 같은 이구아나 무리가 꼼짝도 않고 붙어 있다. 바위 색에 묻혀 전혀 눈치채지 못했지만 빼곡하니 꽤 많다.

"어느새. 어디서 왔을까?"

"바위틈이 집이야."

그때 공기 중에 전기 같은 것이 흘렀다. 밥과 샤론은 반사적으로 움찔했다.

아구아나 무리가 일제히 같은 방향으로 고개를 돌렸다.

하늘을 향해.

먼 구름 너머로 순간 섬광이 일었다.

"번개?"

"아니. 뭔가 이상해."

구름 너머에서 거대한 빛줄기 몇 개가 엄청난 밝기로 점멸했다.

불꽃, 아니, 더 밝다. 더 강력하다.

다시 한번 공기 중에서 전기를 느낀 두 사람은 몸을 움츠렸다.

"봐, 이구아나가."

샤론이 소리쳤다.

이구아나가 움직이기 시작했다.

바위에 모여 있던 엄청난 이구아나 무리가 일사불란하게 바다를 향해 걷기 시작했다.

자작나무 숲속에서

멕시코 마야 유적 순례도 이제 마지막 날을 맞았다. 참으로 농밀한 한 주, 이동에 이동을 거듭했던 한 주였다. 이날도 새벽 여섯시쯤에 서둘러 출발해 차 안에서 도시락을 열어 느릿느릿 빵을 먹었다.

역시나 태양이 뜨는 순간부터 무덥다. 삶아질 것 같다는 표현이 딱 맞다. 코바Coba 유적에 도착했을 때는 상당히 기온이 올라 있었다.

코바 역시 광대한 유적이지만, 자작나무 숲에 둘러싸여 있기 때문인지 지금까지 봤던 유적과는 다소 분위기가 다르다. 하얀 나무줄기가 끝없이 이어진 광경은 평평한 캔버스 앞에 있는 듯한 착각을 일으켜 신기하게도 그 거리를 가늠할 수 없었다. 벌써 카리브 해에 가까워진 듯한 느낌은 기분 탓일까.

코바는 서기 1000년 전후에 번성했다고 한다. 그러나 지금은 거대했던 피라미드도 모두 무너지고 폐허가 다 되어 오히려 다른 곳보다 오래된 듯 보인다. 한동안 방치했다가 다시 이용하기도 했다는데 정신과 세력을 잃어버린 문명이란 이런 것인지, 덤덤한 유적이다.

강한 햇살 아래 사크베를 걷고 있노라니 반사된 빛 때문에 눈이 부신다. 건축물은 크지만 존재감이 희미하고 어쩐지 가볍다. 종말의 경쾌함 같은 것을 느낀 사람은 나뿐이었을까? 스러져가는 존재는 가벼워진다. 점점 비어가고, 드문드문해지고, 흩어져간다. 코바에는 그런 분위기가 감돌았다.

관광지 툴룸

드디어 멕시코 여정의 끄트머리에 들어섰다.

툴룸Tulum은 카리브 해에 위치한 후고전기 마야 유적이다. 욱스말이나 치첸이트사 같은 대규모 관광지라 패스트푸드점과 특산품 가게가 주차장 옆으로 빼곡하다.

그리고 수많은 관광객 대부분이 해수욕 차림으로 줄줄이 하얀 길을 걸어간다. 실제로 근처에 해수욕장이 있기 때문에 수영복 위에 셔츠를 입은 사람도 많다. 물론 잘못된 것은 없지만 도무지 이 앞에 유적이 있다고는 생각할 수 없는 분위기다. 심지어 유적을 향해 걸어가는 이 길 역시 해변으로 통하는 길처럼 느껴진다.

꽤 오래전에 남동생과 이곳에 온 적이 있다는 S씨는 너무나도 관광지처럼 변한 모습에 충격을 받았다. 작은 신전이 곳곳에 남아 있긴 하

지만 대부분 유적공원 같은 분위기를 풍겨서 유적이라기보다는 소박한 테마파크 같다. 게다가 부둣가에는 디즈니랜드에나 있을 법한 카리브 해 해적풍 건물까지 들어서 있어 해수욕장으로 통하는 길목 같은 인상을 한층 더했다.

어쨌든 난생처음 본 카리브 해는 그야말로 투명하고 눈부신 오팔색으로, 흠잡을 데 없는 '휴양지' 같다. 일본의 바다에서는 도저히 이런 분위기를 느낄 수 없다. 이런 곳에서 세상만사 다 잊어버리고 싶은 마음을 충분히 이해할 수 있었다.

그렇지 않아도 수영을 좋아하는 서양인들이 엄청나게 바다에 뛰어들었다. 찌는 듯한 더위에 멋진 바다가 코앞이니 뛰어들고 싶은 마음은 당연하다. 그런데 "유적은 안 볼 거야? 그래?"라고 추궁하고 싶을 징도로 하나같이 줄줄이 바닷가로 향한다.

나는 더위로 몽롱한 머리가 투명한 카리브 해로 인해 텅 비어가는 것을 느끼면서 매우 아담한 신전 하나를 둘러봤다. 유적 자체가 마치 미니어처 같다. 뭐랄까. 예전에는 집을 짓는 단계부터 불상을 모실 방을 근사하게 구상했다면, 핵가족이 늘고 아파트에 사는 사람이 많아지면서 다실에 두고 뚜껑을 덮으면 장식품도 되는 미니 불단이 등장한 듯한 느낌이라고 해야 할까?

대규모 휴양지 칸쿤

툴룸에선 속세로 돌아온 듯했다. 이어서 우리가 향한 곳은 칸쿤 부근의 작은 유적이다. 유카탄 반도의 숲이 점점 뒤로 멀어져간다. 머릿속이 눈부신 카리브 해와 하얀 콘크리트로 순식간에 덧칠된다.

거대한 간판과 견고한 문, 높은 담이 도로를 따라 끝없이 이어져 있다. 칸쿤은 전 세계에서 관광객이 밀려드는 휴양지로, 이곳의 해변은 모두 거대자본이 매수해 프라이빗 비치 형태로 호텔에서 독점하고 있다. 통제가 매우 철저해서 외부인은 그 누구도 절대 접근할 수 없다. 이 땅은 냉혹하리만치 자본주의 경제에 지배당하고 있다.

칙칙한 회색 갯벌을 옆에 끼고 크게 커브를 도니 저멀리 가장 번화했다는 칸쿤의 중심부가 보인다. 경쟁이라도 하듯 공을 들여 지은 거대한 호텔이 우뚝 솟은 모습은 보기만 해도 압도된다. 적어도 90개 이상의 호텔이 이곳에 들어서 있다고 한다. 게다가 아무리 봐도 방이 수백 개는 되어 보이는 터무니없이 큰 호텔들이다. 모두 그럭저럭 운영이 되는 모양이다. 아직 짓고 있는 것도 있다.

멕시코의 휴양지라고 하면 내 낡은 지식으로는 아카풀코Acapulco라는 지명이 먼저 떠오른다. S씨에게 "혹시 아카풀코가 아타미(熱海, 시즈오카 현 동부에 있는 도시로, 예로부터 유명한 온천 관광지다—옮긴이) 같은 느낌이에요?"라고 묻자 "그래요, 그래요. 딱 그 느낌이에요. 유행 지난 휴양지 같은 이미지죠. 최근에는 그런 이미지에서 벗어나려고 노력하고 있어요"라며 고개를 크게 끄덕인다.

요즘에는 칸쿤이 인기 있는 모양이다. 거대한 호텔 중 한 곳에 체크인하기 전에 우리가 마지막으로 찾은 곳은 호텔 무리 속에 고요히 공기주머니처럼 남아 있는 엘 레이El Rey 유적이다.

용케도 살아남았네 하는 생각이 들 정도로 아담하다. 이 유적이 남아 있는 이유는 물론 국가가 관리하기 때문이기도 하겠지만, 설령 이곳에 호텔을 세운다 한들 해변가가 아니라서 객실 요금을 많이 받을 수 없기 때문이라는 것이 솔직한 이유일 것이다.

가늘고 긴 장방형의 치빌찰툰을 연상시키는 입지다. 이곳 신전 역시 자그마하고 거의 토대밖에 남아 있지 않다. 돌로 만들어진 토대는 이제 이구아나에게 딱 맞는 둥지가 되었다. 나는 이곳에서 평생 처음으로 엄청난 이구아나 무리를 봤다. 이구아나는 돌 위에서 보호색을 띠기 때문에 처음에는 그저 돌처럼 보이지만 자세히 보면 착시효과를 내는 그림처럼 우글거리고 있어 흠칫하게 된다.

저밀리 반짝반짝 햇빛을 반사하는 간석지가 보이고, 그 위를 비행기가 날아간다.

때로 이구아나떼는 일제히 같은 방향으로 고개를 휙 돌리는데, 그 눈이 비행기를 보는 것인지 태양을 보는 것인지 알 수 없다.

다 쓰러져가는 마야 유적과 그 너머로 병풍처럼 치솟아 있는 현대식 거대 피라미드 무리의 대비가 실로 얄궂다고 해야 할지, 제행무상諸行無常이라고 해야 할지. 한순간 반전되는 풍경이 환시인 것만 같다. 어쩌면 멸망해가는 것은 우리이고, 인류나 거대한 호텔 무리는 이구아나의 집단무의식 속에 있는 꿈일지도 모른다.

멕시코의 마지막 밤

칸쿤은 일본에서 단체여행을 오기도 하고, 신혼여행지로도 인기가 높다고 한다. 우리들이 묵었던 호텔에도 일본에서 온 단체여행객이 있어서 상당히 혼잡했다.

이제 길고도 잔혹했던 일정에도 불구하고 세심한 배려를 아끼지 않았던 운전기사 C씨와 헤어질 시간이다. 정말로 아침부터 밤까지 계속해서 달려왔다. 빡빡한 일정을 예정대로 맞출 수 있었던 것은 전적으로 C씨 덕분이다.

해변이 바라다보이는 방은 꽤 세련됐다. 역시 세계적인 호텔 체인(일본에도 있다)인 만큼 텔레비전 채널 수가 압권이다. 국제 방송용 NHK도 있어서 반가웠다.

바로 양말을 빨아 베란다 한쪽에 살포시 널었다. 강한 햇살에 순식간에 마르는 것만큼은 좋다.

일본인 셋만 남게 되사 우리는 중심가에 있는 일본 음식점으로 향했다. 일본계 대형 호텔에서 근무했던 일본인 요리사가 운영하는 가게로, 선술집 같은 느낌이 난다. 음식 종류가 풍성해서 실로 감격스러웠다. 현지 손님을 위한 '초밥'과 '튀김'이 있는 것은 물론이고, 일본인을 위해 마련한 듯한 요리까지 있어서 눈물이 날 지경이었다. 삶은 풋콩, 감자 샐러드, 조개관자 튀김에 고등어 초회, 해산물 라면, 카레 우동, 메밀국수 볶음에 당면 조림까지 일본인이 평소에 즐겨 먹는 것들이 많았다. 그래 그래, 이런 것을 먹고 싶었어 하며 모두 감동에 젖었다. 모두 맛있었지만 개인적으로는 해외 수출용으로 나온 650밀리리터짜리 삿포로 캔맥주를 처음 본 것이 기억에 남는다. 325밀리리터가 표준 크기인 이곳 병맥주의 딱 두 배다. 맛도 만족스러웠지만 꽁꽁 얼어 있는 맥주캔이 반가웠다.

아침과 이별과

다음날 아침 카리브 해를 바라보며 꿈같이 환상적인 조식을 먹고, 이곳에서 안내자 겸 통역가로 애써준 S씨와 이별했다. S씨는 일단 멕시코시티 집으로 돌아갔다가 바로 쿠바에서 일이 있는 모양이다. 꼬박 일주일을 함께한 여행의 동반자였던 만큼 이별의 아쉬움이 크다.

S씨는 일본인이라면 누구나 '이런 누이가 있었으면' 하고 생각할 만한 사람으로, 검은 머리와 흰 피부에 호리호리한 몸매, 온유한 인상이 요조숙녀를 떠올리게 한다. 보통은 산업 통역이나 번역 일을 주로 해서 많은 일본 기업가들을 상대한다고 하는데, 아마도 그녀와 일했던 중년 남성들은 틀림없이 "아, 요즘 일본에서도 보기 힘든 요조숙녀 같은 아가씨를 멕시코 사람에게 뺏기다니" 하며 한탄했을 게다. 나 또한 당초 S씨가 멕시코 사람과 결혼해 멕시코에서 일한다는 말을 듣

고 조금은 라틴 문화에 물든 사람이겠거니 생각했지만, 일본 여성 특유의 자상함이 넘치는 모습에 어느새 '언니'처럼 따르게 되었다. 그러나 좀더 알고 보면 심지가 굳고 대담해서 특히 교섭을 할 때는 한발도 물러서지 않고 목소리를 크게 높였다. 시원시원하고 밝은 성격은 역시 라틴 사람 같다(아니, 이것이야말로 진짜 요조숙녀의 모습일까?). O씨가 이곳에서 산 서적을 일본에 보내려다가 호텔 직원에게 거부당하자 S씨가 크고 유창한 스페인어로 어기차게 항의한 적이 있었는데, 그 모습을 일본인 단체관광객의 인솔자인 듯한 젊은 여성이 존경스러운 눈빛으로 바라보던 것이 인상적이었다.

여행엔 만남과 이별이 따르기 마련이다. 또 어딘가에서 다시 만날 것을 기약하며 S씨와 이별하고, 나와 O씨는 다음 목적지인 과테말라로 향했다.

마야 종말사상

2012년 12월 21일.

어딘가에서 이 날짜를 본 적이 있지 않은지.

널리 알려졌다시피 노스트라다무스의 대예언이 빗나간 21세기 초, 새롭게 주목을 받는 것이 이 날짜다. 마야력에서는 이날을 세계가 끝나는 날로 지목했다. 입에 감기는 이 숫자가 왠지 그럴듯하게 들리는 것은 1999년처럼 숫자가 가진 마력 때문일 것이다. 이날 구체적으로 무슨 일이 일어날 것인가에 대해서는 '하늘에서 공포의 대왕이 내려온다'같이 뻔하고 추상적인 이야기밖에 남아 있지 않아서 알 수가 없다. 잘 생각해보면 자신들의 멸망은 왜 예측하지 못했을까 하는 것부터 따지고 들 수밖에 없지만, 앞으로도 한동안 이 날짜를 떠들어대는 사람들이 나타날 것은 불 보듯 뻔한 일이다.

과거 일본에서 '팔백'이나 '팔백만'이라는 숫자가 '한가득'을 의미했듯이, 기독교에서 말하는 '천년 왕국'이라는 말 역시 '천년만년'과 마찬가지로 '아득히 먼'이나 '매우 오랫동안'이라는 뜻일 것이다. 어쩌면 마야인들도 '어쨌든 지금 상상할 수 있는 범위에서 이쯤이면 되겠지' 하는 생각으로 이 날짜를 고른 게 아닐까? 인간이란 본디 그럴듯한 때를 잡아 매듭을 짓고 목표를 세우고 계획을 짜길 좋아하는 습성이 있다.

그나저나 이 세상이 끝나는 순간에도 카리브 해에서 해수욕을 즐기려는 사람으로 북적댈 것이 분명한 칸쿤 공항(본격적인 휴가철에는 도대체 어떨지 심히 걱정될 정도로 붐볐다)에 도착하니 자그마한 프로펠러기가 나와 O씨를 기다리고 있었다.

드디어 비행의 그날이 온 것인가 하고 단단히 각오했는데, 다행히 날씨가 좋고 탑승감도 제트기와 거의 다르지 않았다. 한 시간 반 만에 국경을 넘어 눈 깜짝할 사이에 과테말라 지방공항인 플로레스에 내렸다.

휑뎅그렁한 교정 같은 공항, 무인역 같은 건물.

시끄러운 칸쿤과는 백팔십도 다른 조용하고 온화한 분위기가 오히려 당황스럽다. 뿐만 아니라 입국수속 담당관의 사람 좋아 보이는 부드러운 미소에도 내심 놀랐다. 그후에도 종종 마주친 과테말라 사람들의 '수줍어하거나' '부끄러워하는' 모습이 신기했다. 이곳 사람들은 대체로 조용히 말하고 큰 소리로 떠들거나 하지 않는다.

생김새도 완전히 똑같고 뿌리도 같을 텐데 국경 하나를 사이에 두고 이렇게 국민성이 다를 수 있을까? 다만 긴 내전으로 얼마 전까지 큰 고통을 겪었던 탓에 지금도 국경 근처는 위험하다고 한다. 타자에 대한 경계심이 여전히 남아 있는 것 같았지만, 여행지에서 만난 사람들의 표정은 매우 부드러웠다.

마중을 나와준 안내자 겸 통역가 I씨와 이곳에서 합류했다. 일본 사람인 I씨는 과테말라 여성과 결혼해 여행대리점을 운영하고 있다고 한다. 대학을 졸업하고 손해보험회사에 다녔으나 문득 일을 그만두고 과테말라에 가야겠다는 결심을 했다고 한다.

'왜 과테말라에?' 하는 의문이 들어 O씨와 함께 물었더니 "지금 생각해보면 이상하지만, 번개처럼 떠올랐다는 말씀밖에 드릴 수 없네요"라고 답했다. 해외에서 가이드 일을 하는 일본인들의 이야기를 들어보면 그곳에 있는 이유와 계기가 실로 다양하다.

쨍쨍한 햇살 아래 자동차를 타고 티칼 국립공원으로 달렸다. 이미 오후 두시가 지난 때라 이대로 국립공원 가까이에 있는 숙소에 묵기로 했다.

비포장도로가 많고, 덜컹덜컹 몸이 흔들리는 느낌이나 까끌까끌한 빛의 감촉이 유카탄 반도에서 산악지대로 넘어온 것을 실감케 했다.

정글 로지

오늘의 숙소 '정글 로지'는 그 이름대로 정글 속에 있다. 정글 속에 오두막이 띄엄띄엄 서 있어서 울창한 나무 사이에 파묻힌 느낌이다.

꽤 깔끔한 방이지만 들어가려는 순간, "아, 전갈이 있을지 모르니 조심하세요. 독은 없지만 침대 시트 위에 있곤 해요"라는 I씨의 말에 기겁을 했다.

그러나 커다란 침대 시트에 하필이면 새빨간 꽃무늬가 있어서 유심히 살펴봐도 도무지 알 수가 없다. 마치 착시 그림 같아서 전갈이 쥐 죽은듯 있으면 도저히 찾아내지 못할 것 같다. 전갈과 뱀이 신발을 좋아한다는 이야기를 들은 적이 있어서 벗어놓은 운동화를 양말로 막아두고, 가방이나 파우치 같은 것은 꼭꼭 잘 닫아야겠다고 생각했다.

세련된 레스토랑에는 서양인으로 보이는 손님이 몇 쌍 있다. 내전

시대에도 티칼의 피라미드나 국경 부근의 마야 유적을 보기 위해 거금을 들여 경비병을 고용하면서까지 찾아온 관광객이 있었다고 하니, 그들의 관광욕에는 그저 놀랄 뿐이다.

이렇게 울창한 숲속에서 창문을 열어놓아도 벌레가 들어오지 않는 것이 신기하다. 텔레비전에서는 우리를 쫓아 과테말라로 온 부시 대통령이 계속해서 나왔다.

방으로 돌아가는 길에 문득 하늘을 올려다보니 절로 미소가 번질 정도로 정글 속 나무 사이에 마치 밀가루를 뿌려놓은 듯 별이 가득하다.

찜통 같은 방에서 졸린 듯 돌아가는 천장 선풍기의 둔탁한 소리를 듣고 있자니 프랜시스 포드 코폴라 감독의 〈지옥의 묵시록〉이 떠오른다. 그래서인지 천장 선풍기 소리에 섞여 멀리서 헬리콥터 소리가 들려오는 듯한 착각마저 든다.

영화 초반, 싸구려 여인숙에서 미 특수부대 대위 마틴 신이 잠을 자고 있고 여인숙 천장에 달린 선풍기가 돌아가는 장면과 베트남 전쟁에 참가한 미군의 헬리콥터 프로펠러 소리가 겹쳐진다. 술에 잔뜩 절은 그가 분명히 마약에도 손댔음을 암시하는 이 장면. 최근에 다시 돌려봤더니 말런 브랜도가 연기한 광기 어린 대령을 찾으러 대위가 정글로 향하는 임무 자체가 싸구려 여인숙에서 그가 꾸는 긴 악몽과도 같음을 알게 되었다.

이를 닦으러 욕실에 갔더니 하얀 벽에 전갈이 있다. 옅은 핑크색에 작고 얇다. 꼭 엔화¥ 부호를 닮은 것이 투명한 고무 장난감 같다. 존재감이 희박한 녀석이다.

사진을 찍어두지 않은 게 아쉽지만 잠이 쏟아져서 그럴 처지가 아니었다. 일단 문을 꼭 잠그고 침대에 쓰러졌다.

선풍기 소리와 헬리콥터 꿈.

열한시에 발전기가 멈춘다더니 갑자기 두둥 하는 소리와 함께 방이 어두워지고 어둠 속에서 선풍기가 천천히 멈춰 섰다.

방문자들

다음날 새벽 다섯시에 다시 발전기가 돌기 시작하고, 그즈음 여기저기서 원숭이의 날카로운 비명소리가 울려퍼지면서 정글 로지의 아침이 밝았다.

나는 반사적으로 몸을 일으켜 창문을 바라보았다. 레이스 커튼 너머로 엄청나게 많은 생물이 꿈지럭거리는 느낌이 들어 흠칫했다.

원숭이인가 하고 창문 쪽으로 다가가보니 생각지도 못한 생물들이 우글거리고 있어서 순간적으로 소스라치게 놀랐다.

작은 공룡이 한가득하다!

맨 처음 떠오른 생각은 이것이다.

털이 난 작은 티라노사우루스!

아니, 잠깐만, 그런 생물이 있을 리 없잖아 하고 스스로 되묻고 나서 다시 자세히 살펴보니 그것은 긴 꼬리를 바짝 세운 코아티(미국너구리과에 속하는 동물로, 남아메리카 전역에 걸쳐 분포한다—옮긴이) 무리였다.

아침식사중인지 나무열매 같은 것을 먹고 있었는데, 사진을 찍으러 나가니 재빨리 사방으로 흩어졌다. 엄청난 속도로 나무에 오르거나 수풀 속으로 뛰어들어 순식간에 자취를 감췄다.

차를 타고 티칼로 들어가는 도중에도 코아티를 흔하게 만날 수 있었다. 무리를 지어 사는 건지, 작은 공룡들은 여기저기 줄지어 돌아다녔다.

티칼에는 '동물 주의' 표지판이 곳곳에 있었는데 코아티만이 아니라 재규어, 공작, 뱀 등 그 종류도 다양하다. 재규어를 만나는 일만큼은 피하고 싶다고 생각하면서 티칼 유적의 중심지로 향했다.

축제의 장

칼라크물과 세력을 다투는 강대한 도시였던 만큼 티칼 터는 매우 광대했다.

〈스타워즈〉에 나왔기 때문인지 기시감 있는 피라미드가 눈에 들어온다. 마주보듯 서 있는 신전들은 멕시코의 그것과 달리 꾸밈이 덜하고 견고하다. 장려하기보다는 늠름하고 강인한 모습이 인상적이다.

역시 문명이란 '장場'을 만드는 것이라는 생각을 했다.

신전에 올라 광장을 둘러싼 건물을 보니 상공에서 내려다본 스타디움—흔히 축구나 야구 경기에서 볼 수 있는—이 떠오른다.

계단 모양의 객석으로 '장'을 둘러싸고, 그곳에 축제의 공간을 실현했다는 의미에서 보면 이 티칼 신전도 요코하마 스타디움과 큰 차이가 없다.

무엇보다 티칼의 '장'은 비를 모으는 장소로 기능하기도 했다. 피라미드에 모인 비와 정글에 내리는 비를 정교한 경사로를 통해 광장으로 모아 그곳에서 저수지로 보내는 구조였음이 밝혀졌다고 한다.

티칼은 조용하고 관광객도 그리 많지 않은 탓인지 건조하고 청결한 기운이 감돈다. 울창한 정글에 둘러싸여 있는데도 왠지 모르게 '청정한 장소'라는 느낌이 든다. 온몸이 늘어지는 듯한 더위에 땀이 비 오듯 흐르는데도 '건조한' 느낌이 드는 것은 왜일까? 우리는 이를 설명할 만한 단어를 곰곰이 생각하면서 넓은 유적 안을 돌아다녔다.

아직도 많은 신전이 복구중이다. 발견되지 않은 것도 꽤 많은 모양이다. 여기저기서 묵묵히 복구 작업을 하고 있는 과테말라 사람들의 모습이 보인다. 앞으로 몇 년이 더 걸릴 테지만 그들은 반드시 이 작업을 완수해낼 것이다.

불꽃나무를 보다

오를 만큼 많이 올랐지만, 역시 이곳 티칼에서도 피라미드에 올랐다. 드디어 마야의 피라미드 오르기도 이것으로 마지막이다.

그러나, 아무리 마지막이라고 하지만 말할 수 없이 무서운 이 경사는 뭔가. 나는 망연자실해 하늘을 올려다보았다.

분명 계단이 있다. 그러나 계단 폭이 너무나도 좁은데다 경사가 거의 수직에 가까운데 그런 계단이 저멀리 꼭대기까지 이어져 있다. 직접 오르는 것은 당연히 금지돼 있으며 피라미드 옆에 있는 나무 사다리처럼 생긴 계단을 통해 오르게 되어 있다.

이제 스스로를 저주하는 것도 어지간히 질렸건만, 아니나 다를까 또다시 나 자신을 저주하며 계단을 오른다. 층계참에서 어떻게든 무서움을 덜어보려 했지만 사다리 타는 것과 별반 차이가 없다. 간신히 정상에 도착해서도 벽에 붙어 한 발자국도 떼지 못했다. 나는 지금 가장 무서운 피라미드 정상에 서 있다. 떨고 있는 나를 보고 위험을 즐길 줄 아는 유전자를 타고난 이탈리아인이 웃는다. 게다가 그는 올라왔던 계단을 손잡이도 잡지 않은 채 뒤돌지 않고 앞을 보며 내려가는 바람에, 그 모습을 보는 내 간담이 서늘해졌다. 제발 그런 행동은 내가 보지 않는 곳에서 해주길.

눈 아래로는 이미 익숙한 녹색 그러데이션이 펼쳐져 있다. 구름 그림자가 정글 위를 천천히 지나가고 멀리서 불어온 바람이 볼을 어루만진다.

정교한 달력과 신전을 남기고 그들은 어디로 간 것일까?

앞서 말했듯 홀연 사라진 것은 아닐 것이다. 그들은 천천히 사라졌다. 뭔가를 포기하고, 뭔가를 버리고, 저멀리 천천히, 녹색 정글 속으로 흩어지고 사라져간 것이다.

세상의 끝이 아마 그러하리라. 어느 날 갑자기 땅이 갈라지고 천둥이 내리치는 것이 아니라 조금씩 조용해지다가 어느 순간 돌이켜보면 아무도 남아 있지 않을 것이다.

저출산과 고령화라는 현상이 바로 그러한 맥락이 아닐까. 문명이든 생물이든 그 수가 일정 범위를 넘으면 눈에 띄게 쇠퇴의 길을 걷는다.

마야 문명도 어느 순간부터 포화점을 넘어 종식을 향했다. 그리고 썰물이 빠지듯 초록의 대지에서 사라졌다.

강한 햇살.

초록 바다를 넘는 바람.

정적의 심연.

관광객들의 목소리도 이곳에서는 나직나직하게 돌로, 숲으로 스며들어간다. 내려갈 일은 생각하지 않으려 안간힘을 쓰면서, 한편으론 마야 피라미드 위에서 내려다본 경치를 똑똑히 눈에 담으려고 애썼다.

지금 티칼의 풍경을 떠올리면 녹색 바다 위로 솟은 피라미드와 함께 그 옆에 있던 새빨간 불꽃나무가 눈에 선하다. 이름은 알고 있었지만 직접 본 것은 처음이었다.

정말로 새빨개서, 그 이름대로 불타오르는 듯했다.

그것은 마치 곁에 바싹 붙어 피라미드를 지키는 횃불처럼 보였다.

호숫가에서

광대한 티칼 유적을 둘러보는 것으로 하루가 다 갔지만, 우리는 정글 로지와 이별하고 차를 몰아 다른 호텔로 향했다.

과테말라에는 이틀 밤을 머문다. 내일은 또 대이동을 해서 잉카 문명의 땅, 페루로 들어간다.

우리 차 옆으로 종종 신형 가전제품(냉장고나 세탁기 같은 소위 백색가전의 하얀색이 눈을 자극한다)을 실은 트럭이 지나간다. 서민경제가 서서히 나아지고 있는 듯한 느낌이다.

과테말라에서 받은 인상은 왠지 묘하다. 조용함과 건조한 청결함, 그리고 할아버지 집을 연상시키는 그리운 어둑어둑함. 옛 일본의 가옥은 어두웠다. 어렴풋이 떠도는 곰팡이 냄새에 일본의 전통 향초 냄새가 섞여 있고, 사시사철 나와 있는 고타츠(내부에 열선이 들어 있는 일본의 전통 좌식 탁자로, 그 위에 이불 등을 덮어 겨울철 난방기구로 이용한다—옮긴이)에 할아버지와 할머니가 털모자를 쓰고 앉아 있는 듯한, 과테말라는 그런 느낌이었다.

이튿날 묵었던 호텔은 근처에 큰 호수가 있어서 현지에서는 알려진 휴양지인 모양이었다. 호숫가 곳곳에는 작은 선착장이 있다. 과테말라는 호숫가도 조용하고, 물가에서 쉬고 있는 사람들도 어딘가 얌전하고 조심스럽다.

산장처럼 생긴 호텔엔 호수와 인접한 야외 레스토랑이 있었는데 중년의 미국인 일행이 막 파티를 시작하려는 참이었다. 석양의 호수 위로 반사되는 빛 속에서 하얀 식탁보가 펄럭인다. 파티를 준비하는 모습도 평화롭고 꿈같다.

나는 느긋하게 욕조에 들어가 모처럼 한숨을 돌렸다.

텔레비전 뉴스는 여전히 부시 대통령 일색이다. 그러나 환영하는 분위기만은 아닌가보다. 기자라는 사람들은 어딜 가나 말투가 비슷하다.

방에서 레스토랑까지 이어진 완만한 언덕을 터덜터덜 내려오니 오늘밤도 절로 미소 짓게 될 정도로 별이 총총하다.

과테말라에서 묵었던 호텔의 음식은 모두 맛있었다. 특히 고기 요리는 재료의 맛이 제대로 살아 있었고, 요리사가 정성껏 만들었다는 느낌이 들었다. 멕시코에선 어느 호텔이든 음식의 균형이 맞지 않거나 재료가 부실해서 마치 기내식처럼 공장에서 만든 레토르트 식품 같았는데, 과테말라에서는 화려하지는 않지만 세세한 데까지 손이 간 듯한 느낌을 받았다. 관광자원까지 충분한 이런 나라라면 앞으로 얼마든지 발전하리라 생각한다.

호수 위에 아른거리던 빛이 눈 깊숙이 박혀버렸다. 방으로 돌아와 거울을 보는데도 여전히 반짝반짝 흔들린다.

방은 짙은 빨강으로 꾸몄는데도 세련되면서 위화감이 전혀 없다. 사람들이 호텔방에 있는 거울을 얼마나 보는지 모르겠지만 나는 꽤 자주 보는 편이다. 거울 속 내 얼굴을 보면서 지금 이곳에 있는 의미를 잠시나마 생각하는 것이다. 직업상 혼자 갇혀 있는 시간이 많은 탓일 게다. 친구나 가족과의 여행이라면 다르겠지만, 호텔방 책상 앞에 거울이 있는 경우가 많아 정신을 차리고 보면 무심코 거울에 비친 짜증난 얼굴을 멍하니 쳐다보고 있다. 글을 쓸 때 항상 호텔을 찾았다는 스즈키 코지鈴木光司 씨도 예전에 비슷한 말을 한 적이 있다.

"역시 무심코 보게 된단 말이죠. 글을 쓰고 있을 때의 내 얼굴을."

아니 아니, 무언가 쓰고 있을 때라면 어떤 무서운 표정이라도 상관없다. 문제는 꽉 막힌 채 한 자도 쓰지 못하고 돌덩이처럼 굳어진 내 얼굴이다. 그런 모습을 보는 것은 정신건강에 좋지 않다.

이 호텔도 마찬가지로 책상 앞에 거울이 있다. 도대체 나는 여기서 뭘 하고 있나 하는 생각을 하며 거울을 보는 사이 금세 졸음이 몰려왔다. 이미 자외선을 형편없이 쐬었지만 늦게나마 시트 타입의 미백 팩을 얼굴에 붙인 채 잠이 들었다. 그렇게 과테말라의 마지막 밤이 순식간에 깊어갔다.

대이동

다음날 아침, 다시 플로레스 공항으로 가야 했다. 여섯시 반에는 나가야 한다.

다시 봐도 초등학교 교정 같은 공항이다. 사내 매점처럼 생긴 가게에서 과테말라의 류 치슈(笠智衆, 드라마 〈남자는 괴로워〉 등에 출연하며 일본의 아버지상, 할아버지상을 대표했던 배우—옮긴이) 같은 마른 할아버지를 보자 갑자기 기념품을 사고 싶은 욕구가 솟구쳤다. 그렇다고 해서 특별히 진귀한 물건이 있었던 것은 아니다. 선명한 기하학 무늬가 들어간 파우치와 작은 핸드백 따위의 소박한 민속공예품이 전부다. 지금까지 선물다운 선물을 사지 못했던데다 번화가라고 할 만한 곳은 근처에도 가보지 못하고 오로지 정글만 돌아다닌 탓에 무언가 사고 싶다는 생각이 들지 않았다.

그러나 소비욕의 스위치는 언제 켜질지 좀처럼 예측할 수 없는 것이어서 평소에는 몹시도 검소하게 생활하기 때문에 고작 먹을거리나 책 정도밖에 사지 않는데도, 어느 순간 스위치가 켜지면 눈에 들어오는 것은 모두 욕심이 난다. 희한하게도 내 소비욕은 종류를 가리지 않는다. 근처 슈퍼마켓에서 파는 주방기구나 아웃도어 용품을 사고 싶을 때도 있고, 드러그스토어에서 파는 값싼 화장수나 부실한 수입과자가 눈에 띌 때도 있다. 다만 결코 고급품에 눈을 돌리지 않으니 분수를 알아 다행이라 해야 할지, 아니면 무언가에 대한 보상행위임을 어렴풋이 자각하고 있는 것이라 해야 할지.

그리하여 나는 플로레스 공항에서 파우치와 작은 핸드백을 잔뜩 사고, 한 시간 후 도착한 과테말라시티 공항에서도 한 번 더 선물을 샀다.

과테말라시티는 과테말라의 수도이고, 공항은 대규모 공사중이었다. 완공하면 중미에서도 1,2위를 다투는 최첨단 공항이 된다고 선전하고 있다. 그러나 아직까지는 할아버지 집처럼 전체적으로 어두컴컴하고 향수를 자극하는 느긋한 분위기가 감돈다. 공항 내 현지 체인점처럼 보이는 커피숍의 커피가 맛있었다.

과테말라는 양질의 커피콩을 생산하고 있지만 고급품은 대부분 외국으로 수출된다고 한다. 예전에 텔레비전에서 커피 가격이 어떻게 결정되고, 커피가 어떻게 유통되는지 추적한 다큐멘터리를 본 적이 있다. 고작 대여섯 개밖에 안 되는 소수의 복합기업이 전 세계 커피콩을 독점하고 있으며, 농민 대부분은 수익을 나눠 갖지 못하는 실정이라고 한다. 현재 과테말라에는 일본 기업이 들어와 농업 교육을 하면서 생산성과 품실을 향상시킬 수 있도록 지역 농민과 협력하고 있다고 하는데, 모쪼록 양쪽 모두의 발전을 기원한다.

과테말라시티를 떠났다고 해서 바로 페루로 들어가는 것이 아니다. 직항편이 없기 때문에 일단 코스타리카의 산호세 공항에서 갈아타야 한다.

코스타리카 하면 진귀한 장수풍뎅이나 자태가 멋진 벌새 같은 동식물이 가득한 에코 투어Eco Tour가 떠오른다. 그러나 과테말라에 머물다 온 탓인지 번쩍번쩍한 최첨단 공항을 보니 그 격차에 어질어질하다. 작은 나라지만 여유가 있어 보인다. '헌법에 군대 폐지를 명시하고 있다'는 글을 어딘가에서 읽고 흥미를 느꼈던 기억이 난다. 솔직히 말해 지리적으로 복잡하고 뒤숭숭한 주변국 사이에서 군대 폐지를 단행하기 위해서는 상당한 외교 감각이 필요할 것이다. 세계화라는 말이 식상하게 들릴 정도로 흔히 쓰이는 와중에도 일본은 오히려 점점 안으로 움츠러들고 있다. 그렇지 않아도 도저히 풍부하다고 할 수 없는 외교 감각의 파편마저도 내내 포토맥Potomac 강(미국 동부를 흐르는 강—옮긴이)과 양쯔 강 어딘가에 내던져버리는 일본이 이곳에서 배울 점이 있지 않을까?

리마Lima행 비행기에 오르기까지는 아직 시간이 있다. 유리벽으로 둘러쳐진 넓은 대합실에서 O씨와 맥주를 한 병 마신다. 무선 인터넷이 되는 곳을 발견한 O씨는 일본 담당자와 메일을 주고받는 데 몰두

했고, 나는 멍하니 앉아 있다가 이따금 뭔가 떠오르면 간간이 노트를 메웠다.

이렇게 여러 나라를 한꺼번에 돌아다니는 것이 난생처음이라 여러 번 비행기를 갈아타는 경험 역시 낯설다.

어중간하게 떠버린 시간. 전 세계 다양한 사람들이 다양한 목적지를 향하면서 한때 같은 장소를 공유하다 흩어진다.

이런 시간을 책이나 읽으며 보내고 싶지 않다. 역시 이렇게 노트를 채울 말을 찾으며 멍하니 앉아 있는 게 좋다.

물론 비행에 대한 공포가 여전하기 때문에 다른 곳으로 신경을 돌리려는 이유도 있다. 다행히도 중남미 여러 나라를 운항하는 타카 그룹의 비행기는 동체도 모두 신형인데다 승무원도 활기차고 이륙 시간도 정확해서 지금까지는 생각보다 안심하고 탈 수 있었다.

아침 여섯시 반에 출발해서 리마행 비행기에 몸을 실으니 오후 네시가 넘었다. 와인을 마시고 꾸벅꾸벅 졸다가 리마에 도착했을 때는 저녁 여덟시가 조금 지나 있었다.

리마의 밤

완전히 어둠이 내린 리마 국제공항 터미널은 거대하다.

착륙 순간부터 어수선하고 혼돈스러운 도시의 밤이 떠들썩거리는 게 느껴졌다.

매번 그렇지만 무사하게 짐을 찾은 것에 안도하며 사람들이 기다리고 있는 출구로 향한다. 이름이 적힌 종이를 든 사람도 많다. 그중에는 일본인 이름도 드문드문 눈에 띈다.

우리가 맨 처음 안내를 부탁했던 일본인 가이드가 갑작스레 입원을 하게 되어 대신 일본계 3세인 H씨가 나오기로 했다.

O씨와 나는 두리번거리며 그를 찾았다. 예순 살 정도의 일본인 남성이라고 해 작은 몸집의 동양인만 열심히 찾았는데 "O씨입니까?" 하며 커다란 사람이 불쑥 나타나 우리 둘은 매우 놀랐다.

H씨는 덩치도 크지만 그 이상으로 성격도 싹싹하고 시원시원했다. 체스와 술과 식도락을 즐긴다는 그는 꽤나 믿음직했다. 일본인의 장점과 유럽인의 매너가 자연스럽게 어우러진 사람이라고나 할까. 아마 일본에선 동년배에 이런 남성을 보기 힘들 것이다. 일본에도 산 적이 있어서 일본어를 구사하는 것도 자연스럽다. 평생 도자기를 수입하는 회사를 경영하다가 몇 년 전에 사업을 접고 유유자적하게 살면서, 간간이 지인의 부탁을 받아 현지 가이드나 통역 일만 한다고 한다. 여러 일본 기업에서 기술자들과 영업자들이 찾아오는 모양인데, H씨에게 꽤나 의지하게 된다는 것도 알 것 같았다.

밖은 더위로 숨이 막힐 듯하다. 밤거리를 달려 호텔로 향했다.

리마의 인상은 대도시임에도 어둡다는 것이다. 하긴 밤에도 물샐틈없이 휘황찬란하게 밝은 곳은 도쿄뿐, 대체로 세계 대도시의 밤은 어둡다. 교토만 해도 그리 밝지 않다.

그러나 리마의 밤거리는 돌아다니는 사람이 제법 많은데도 가로등이 드물어서 좋게 말하면 어수선하고 나쁘게 말하면 살벌한 공기가 감돈다.

이런 분위기가 차 안에 있는데도 오싹오싹 전해지는 가운데, 이상하게도 꽤나 어수선하다고 생각하는 찰나 중앙분리대의 몇 안 되는 가로등 중에 하나가 뚝 꺾여 넘어져 있는 모습이 눈에 들어온다. 가로등을 들이받은 듯한 차 옆에는 경찰차가 서 있고, 경찰들이 운전자와 다투고 있다.

실제로 치안이 그리 좋지 않은지 도심지 주택가는 마치 요새처럼 높은 벽으로 둘러져져 있고 대부분 문 앞에 경비원이 서 있다.

지금까지 전혀 경험해본 적 없는 새로운 종류의 도시에 왔다는 느낌이 들었다. 비록 이곳 리마에는 잠시 머물렀다가 짐을 줄여서 바로 마추픽추로 들어가긴 하지만.

Mundial
WASI

호텔에서

호텔 체크인을 하고 일단 H씨와 헤어진 뒤 나와 O씨는 문 닫기 직전의 호텔 레스토랑에 가까스로 들어갔다. 오늘 하루종일 제대로 식사를 하지 못해서 뭔가 먹어야 했다.

페루 요리 중 유명한 세비체ceviche라는 해산물 마리네(생선이나 고기에 식초와 향신료 등을 섞은 요리—옮긴이)를 주문했다. 일본 마리네에 들어가는 생선살은 투명할 정도로 얇지만, 이곳 마리네는 큼직하게 썰린 생선살이 역동적인 조화를 이루고 있다. 소스는 여러 가지가 있지만 이날은 심황을 넣어 카레 향을 살린 것을 곁들였는데, 맛이 꽤 좋아서 맥주에도 잘 어울릴 것 같다.

나도 O씨도 술을 좋아한다. 긴 여행의 짝과 술이 당기는 타이밍이 잘 맞는 것은 꽤나 고마운 일이다. 그러나 오늘은 금주를 하지 않으면 안 된다. 내일 고지대인 쿠스코로 들어가기 때문이다.

일단 오늘 낮부터 고산병에 대비해 약을 먹고 있다. 미리 하루 정도 혈압강하제를 먹지 않으면 후지 산과 비슷한 높이에 위치한 도시 쿠스코에 적응할 수 없다고 한다. 혈액 순환을 활발하게 하는 술은 고지에서 절대 금지다. 예전에 O씨가 쿠스코에 왔을 때 초반에 아무렇지도 않아서 그만 깜빡하고 맥주를 마셨다가 큰일을 당할 뻔했다고 한다.

고산병에 대해서는 친구들에게도 많은 이야기를 들었다. 개인차가 심해서 함께 있더라도 멀쩡한 사람이 있는가 하면 완전히 뻗어버리는 사람도 있는 모양이다. 내가 들은 바로는 여자가 비교적 적응을 잘하고, 남자가 고생을 많이 하는 편이라고 한다. 여자들 중에 저혈압이 많기 때문일까?

방안으로 돌아와 짐을 나누기 시작했다.

내일은 여행가방을 호텔에 맡기고 배낭 하나만 멘 채 쿠스코로 이동한다. 이 정도라면 기내에 가지고 들어갈 수 있다.

배낭 하나에 짐을 꾸리는 것은 꽤나 어려웠다. 쿠스코에서 사흘, 마추픽추에서 이틀을 묵는다. 갈아입을 옷과 세면도구만으로 배낭이 가득차버린다.

이번엔 여행용 세면기까지 가지고 왔건만 한 번도 사용하지 않았다. 이보다 거친 야생 생활을 할 거라고 예상했었는데 가는 곳마다 꽤 좋은 호텔에 묵는 바람에 꺼낼 필요가 없었다. 나는 짐을 빨리 꾸리는 건 자신 있지만, 필요한 물건을 뽑아 따로 나누는 일에는 서툴다.

맥시코 호텔에서 가져온 비누가 꽤 많아서 한데 모아 비닐봉지에 넣어두었더니 향이 강한 비누가 많은 탓인지 여행가방 안에서 향주머니 같이 되어버렸다.

마야 문명은 기억과 시공의 저편으로 완전히 달아났고, 과테말라의 반짝반짝 빛나는 호수와 피라미드를 둘러싼 녹색 바다도 저멀리 사라졌다.

냉방이 잘된 호텔방에서는 바깥의 무더위조차 금세 잊혔다. 일본인 투숙객이 많은지 일본어로 된 호텔 설명서가 있다. 여러 번 복사를 한 듯 글자가 드문드문 보이지 않거나 찌그러져 있다. 안 돼요. 이런 설명서는 그때마다 새것으로 비치해야죠.

커튼을 젖히자 건물 모퉁이 쪽에 있는 방이어서 그런지 오가는 수많은 차들이 눈에 들어온다.

꽤나 멀리까지 왔구나.

어두운 오렌지색 가로등 불빛을 보고 있으니 정말 먼 곳까지 왔다는 사실이 실감났다.

절구 바닥

많은 사람이 버스나 비행기의 창가 자리에 앉는 걸 선호하지만, 나는 비행기에 타면 가급적 창에서 먼 자리가 좋다. 그러나 서구문화권에 속하는 이곳에서는 남성과 여성이 함께 있을 때 여성에게 상석을 내주지 않으면 예의가 아니라고 생각하기 때문에 나는 눈물을 흘리며 창가에 앉는 처지가 된다. 할 수 없이 고개를 정면으로 향한 채 눈을 감고 가급적이면 밖을 보지 않으려고 애쓴다. 때때로 슬쩍 곁눈질을 하기도 하지만 눈 아래 풍경을 계속해서 쳐다보면 가벼운 패닉 상태에 빠지고 만다.

리마를 떠나 몇 시간, 쿠스코에 착륙할 준비를 한다. 기내는 거의 만석. 모두가 큰 몸을 거북스럽게 좌석에 밀어넣고 입을 꼭 다문 채 착륙을 기다리고 있다.

"온다 씨, 창밖 좀 찍어주세요."

O씨가 내게 디지털카메라를 건넨다.

"네?"

비명을 지르면서도 자포자기하는 심정으로 사진을 찍는다.

작년에 잡지 일 때문에 한국의 산을 오른 적이 있는데, 이때 동행했던 카메라맨도 고소공포증이 있었다. 그러나 그는 프로인지라 "카메라 파인더를 보고 있으면 괜찮다"고 했다. 파인더에 시선을 둔 채 점점 높은 곳으로 올라가는 모습에 입이 벌어졌었다. 물론 나는 프로가 아니어서 벌벌 떨고 있었다.

고도가 점점 내려가고 산 표면에 드리워진 구름의 그림자가 선명하게 보인다. 땅에 점점 가까워지니 성스러운 안데스의 초록이 드러나고, 산 표면을 누비듯 나 있는 산길도 또렷이 보인다. 달리는 차들은 마치 벌레 같다. 눈에 보이는 민가가 늘었다. 갈색 기와지붕이 타일처럼 지면에 박혀 있다.

그런데 이런 잠깐, 이봐요. 이러다 비행기가 마을에 처박히는 거 아녜요?

나는 당황했다. 눈 아래로 쿠스코 마을이 갈색 융단처럼 펼쳐져 있건만 비행기는 일말의 주저도 없이 그 위로 돌진하듯 고도를 낮췄다.

'설마!' 하고 속으로 소리를 지르는 순간, 마을 한가운데에 융단을 네모나게 잘라낸 듯한 활주로가 눈에 들어왔다. 쿠스코는 절구 모양의 분지라 평탄한 활주로를 만들 만한 곳이 가장 아랫부분인 이곳밖에 없었던 모양이다. 이 공항은 유시계 비행(有視界 飛行, 비행중에 관제기관의 지시를 받지 않고 조종사가 직접 지형을 보고 조종하는 비행 방식—옮긴이)만이 가능하다고 한다. 이곳에서는 그 누구라도 야간 이착륙을 하기가 힘들 것이다.

소박한 공항에 내려섰다. 고산병 때문에 불안해서 조심조심 걸었는데 밖에 나와보니 그보다는 강한 햇살이 더 걱정이다.

태양이 가깝다. 공기가 희박하고 딱딱해서 태양광선이 곧바로 피부에 꽂히는 느낌이다. 자외선이 무섭다. 자외선 차단제를 충분히 발라야겠다. 나는 챙 넓은 모자를 깊숙이 눌러쓰고 몸을 잔뜩 움츠렸다. 그런데 공기가 차고 생각보다 기온이 낮다. 꽤 서늘해서 눈이 번쩍 뜨이는 것 같다.

아담한 공항 안에서는 지역 밴드가 관광객들을 맞이하고 있었다. 케나(quena, 안데스 지역의 전통 악기—옮긴이)의 음색이 천장이 높은 공항 건물 안에 울려퍼진다.

해발 약 3천 400미터에 위치한 쿠스코는 과거 잉카 제국의 수도였다. 1533년에 스페인 사람 프란시스코 피사로Francisco Pizarro에게 정복당한 후 잉카 제국 건축물의 돌 배치를 토대 삼아 새롭게 형성된 도시가 현재까지 이어져온 무서울 정도로 오래된 곳이다. 그래서인지 높은 곳에서 내려다보면 마을 전체가 무두질한 가죽처럼 땅과 조화를 이루어 마치 하나의 생물체인 양 일체감이 있다.

이곳은 본디 잉카 제국의 중심이자 세계의 중심이라 불렸던 도시다. 도시의 흥망성쇠라는 것이 이리도 무상하다. 한 시대를 풍미했던 도시를 방문할 때마다 나는 항상 무엇에도 비할 수 없는 우울과 불안에 사로잡힌다. 언젠가 우리도 이렇게 내팽개쳐지는 것은 아닐까? 우리 인류가 생명으로부터, 진화로부터, 아니 그와는 다른 무언가로부터 소외되는 것은 아닐까? 말로 표현할 수 없는 경고를 받는 듯한 느낌에 사로잡힌다.

데즈카 오사무의 미완의 대작 『불새』는 잘 알려진 대로 먼 과거와 먼 미래를 번갈아 그리다가 양쪽이 조금씩 현재로 가까워지면서 최종편에서 현재를 그리며 끝날 예정이었다고 한다.

살아 있는 우리들에겐 언제나 '지금'밖에 없는 셈이지만, 어떤 의미에서 '지금'은 항상 미래의 시작이자 과거의 끝이기도 하다. 데즈카 오사무가 『불새』의 최종편을 '현재'로 설정한 것은 더할 나위 없는 선택이었다.

만약 그가 아직까지 살아 있어서 '현대편'을 그린다면 어떤 이야기가 되었을까? 내 추측이지만 쇼와 시대의 도쿄나 오사카에 사는 평범한 사람의 반경 일 킬로미터 안에서 일어나는, 언뜻 봐도 매우 소소한 이야기가 아닐까 싶다. 한무라 료半村良의 『코이치로의 저항』이 그와 비슷하다. 도쿄의 서민 동네에 사는 평범한 회사원 코이치로가 서서히 초인적인 힘을 갖게 되는 이야기다. 그의 손이 닿기만 해도 병이 낫자 병자들이 그에게 몰려든다. 게다가 그 힘은 병을 고치는 것을 넘어 날이 갈수록 세진다. 그의 진화가 멈추지 않자 결국에는 그가 인류를 위협할 거라고 판단한 국가 권력이 그를 공격하기에 이른다. 자잘한 서민의 일상과 점점 의식이 진화해가는 코이치로의 간극이 땀을 쥐게 하는 SF 대작이다.

데즈카 오사무의 '현대편'이 어느 동네의 작은 공장에서 우연히 세계를 바꿀 위대한 발명이 이루어진다는 이야기라면 어떨까. 불로불사의 기술이나 새로운 생명체를 생식 행위 없이 만들어내는 기술…… 인간의 능력을 뛰어넘는 기술을 손에 넣은 선량한 시민이 국가나 세계 권력의 개입으로 번민한다. 이런 이야기이지 않았을까.

비가 태어나는 곳

우리 세 사람은 쿠스코의 여행사가 준비해준 밴을 타고 아직 해가 높을 때 호텔이 아닌, 안데스 산속에 있는 모라이Moray 유적으로 향했다.

산속에 들어서니 비가 오락가락하면서 꾸물거렸다. 쏴 하고 비가 내렸다가는 개고, 햇살이 비추는가 싶다가도 갑자기 어두워지면서 쏴 하고 다시 비가 내리는 일이 반복됐다.

마을을 지날 때마다 눈에 띄는 것이 있다. 민가 지붕 꼭대기에 뭔가가 있다. 대개 옥상 가장 높은 곳 정중앙에 있다. 가운데에는 작은 사다리가 달려 있는 십자가가 있고, 그 양옆으로 소 인형을 비롯해 잡다한 물건들이 있다.

무슨 의미인지 물어보니 부적 같은 것이라고 한다. 십자가에 걸린 사다리는 천국으로 갈 수 있게 해달라는 소원, 수소는 자손의 번영을 바라는 마음, 와인 병과 냄비는 물과 먹을 것이 부족하지 않도록 해달라는 기원인 모양이다. 집마다 개성 있게 꾸민 모습이 재미있어서 열심히 사진을 찍었다.

이곳의 풍경은 이루 말할 수 없이 웅대하다.

산속이라고 해도 산기슭이 드넓게 펼쳐져 있어서 내가 좋아하는 대평원이라고 할 수 있을 정도다. 모두 훌륭하게 농지로 개간되어 있어 농민들의 부지런함을 엿볼 수 있다. 한쪽에 가득 펼쳐져 있는 옅은 핑크색은 무꽃이라고 한다.

거대한 밭 너머에는 우뚝 솟은 산봉우리가 끝없이 늘어서 있다. 전 세계 사진가들이 이곳에 매료되는 이유를 알겠다. 성스럽고 고결하다. 표현할 수 없을 정도로 깊은 파랑과 초록과 벽돌색이 조화를 이루고 있고, 멀리 만년설도 보인다. 이곳에서만큼은 누구라도 우리보다 고차원적인 존재가 있음을 느낄 수 있을 것이다. 안데스 산줄기를 바라보노라면 신은 하나가 아니라는 생각이 든다.

산에 달라붙듯 구름이 차례차례 흘러간다. 끊어졌다가 낮게 깔렸다가, 하얘졌다가 검어졌다가 하면서 시시각각 그 모습을 바꾼다.

거대한 스크린을 보는 듯한 풍경 속, 여기저기서 비가 내리는 것도 눈에 띈다. 검은 구름에서 흰 비가 샤워기의 물줄기처럼 쏟아지다 그치는 모습을 처음부터 끝까지 지켜볼 수 있다.

포장되지 않은 넓은 외길이 지구 끝까지 계속될 것만 같다. 웅대한 전망과 구름과 산의 표정을 질리지도 않고 황홀하게 바라봤다.

드디어 길은 내리막으로 접어들어 산골짜기를 따라 내려가기 시작했다. 골짜기에 하얀 것이 보인다. 언뜻 잔설 같았지만, 가까이 가서 보니 그것은 골짜기 아래까지 이어진 계단식 논처럼 된 염전이다. 산속에 갑자기 염전이라니. 말할 수 없이 신기한 광경이다. 차에서 내려 염전까지 내려갔다. 높낮이 차가 상당하다.

이곳은 천 년 이상 이어온 오래된 염전으로, 미네랄이 풍부한 물이 산에서 내려오면서 약 3.3제곱미터씩 잘게 나뉜 염전의 높은 곳에서부터 차례대로 흘러들어간다. 5월부터 11월 사이의 건기에 소금을 채취한다고 한다. 멀리서 볼 때는 하얗게 보이더니 가까이서 보니 탁한 갈색이다. 염전은 한 뙈기마다 주인이 정해져 있는데, 대대로 상속된다고 한다.

스페인 사람들이 금을 찾아 이곳까지 쳐들어왔으나 기력이 다해 염전 가까이에 주저앉아버린 이도 많은 모양이다.

이곳 소금은 일본에도 수출된다며 H씨가 작은 소금 꾸러미 하나를 선물로 사줬다.

신비의 모라이 유적

비는 변함없이 쏴 하고 내렸다 그치기를 반복했지만 그사이 바람이 차가워져서 꽤 추웠다.

염전을 떠나 향한 곳은 모라이 유적이다. 깊은 산속 움푹 꺼진 곳에 있는 그야말로 거대한 절구 모양의 유적이다. 동심원 모양의 지면 위로 계단식 밭이 이어져 있고, 맨 밑바닥까지는 깊이가 상당하다.

지금은 종교적인 제사에 이용되고 있지만 예전에는 농업 연구소였을 거라는 설도 있다. 산악지대에서 농사를 짓기 위해 밭의 고도와 기온에 적합한 농작물을 연구했던 모양이다.

비바람이 거세서 나는 차에 남아 있기로 했지만 O씨는 강풍과 차가운 빗줄기를 뚫고 유적의 맨 밑바닥까지 사진을 찍으러 내려갔다.

"이렇게 날씨가 안 좋은데도 열심이네요"라며 H씨, 운전기사, 가이드 모두 반은 놀라고 반은 질려한다. O씨는 학창 시절부터 고고학을 공부했고 등산도 했다고 말했더니 모두 고개를 끄덕인다.

나도 보면서 매우 감탄했지만, 영상 관계자들이 사진을 찍는 방식은 매우 철저하다. 같은 구도라도 플래시를 쓴 것과 쓰지 않은 것을 한 장씩 찍고, 몇 번이나 방향을 달리해서 전체적인 모습을 담은 뒤에 다시 세세한 부분을 찍는다. 절대로 이를 거르는 일이 없다. '두 번 다시 촬영할 수 없을지 모른다'는 강박관념 때문인 것 같다. 게다가 텔레비전 방송은 영상이 가장 중요하기 때문에 해외에서 찍은 모든 영상을 일본으로 가지고 돌아가기 전까지는 한시도 방심할 수 없다고 한다. 극단적으로 말해 짐은 모두 잃어버려도 촬영한 영상만큼은 가지고 돌아가야 하는 것이 그들의 사명이라는 것이다.

드디어 폭풍우를 뚫고 흠뻑 젖은 O씨가 돌아왔고, 자동차는 다시 웅대한 안데스 풍경 속 쿠스코 마을로 달리기 시작했다.

차가운 쿠스코

내가 "쿠스코는 추웠다"라고 하면 모두 놀라지만, 어쨌든 이것이 가장 깊이 남아 있는 느낌이다.

쿠스코의 호텔에 도착했을 무렵에는 이미 해가 저물고 있었다. 옛 수도원을 개조한, 쿠스코에서도 가장 좋다는 오성급 호텔은 외관이 훌륭했다. 중정을 둘러싼 회랑이 그대로 남아 있고, 객실 쪽 회랑에는 유리가 끼워져 있었다. 방은 천장이 약간 낮았지만 고풍스러운 분위기가 남아 있어 매우 근사했다.

목욕을 하고, 변함없이 빨래를 하고, 근처로 저녁을 먹으러 나갔다. 이곳이 과거 유럽의 식민지였음을 밤거리에서 확연히 느낄 수 있었다.

유럽인은 조명에 대한 감각이 일본인과 다르다. 아니, 에도 시대까지만 해도 분명 비슷했겠지만 오늘날의 일본인, 말하자면 널리 환하게 비치는 조명을 좋아하는 일본인과는 그 감각이 전혀 다르다는 것을 이곳 밤거리에 나올 때마다 느낀다.

오렌지색 불빛. 마을 전체가 비단으로 둘러싸인 별세계 같다. 마을의 중심에는 커다란 분수가 있는 광장과 대성당이 함께 조명을 받아 빛나고 있다. 지나다니는 사람이 많은데도 조용한 분위기가 감도는 이유는 조명이 밝지 않아 마을이 어둠에 묻혀 있기 때문일 것이다.

일본인이 운영한다는 소박한 레스토랑에 들어갔다. 깨끗하고 요리도 다양하다. 우리 외에도 여행객이 많다.

옥수수를 볶아 소금으로 간한 것이 맛있었다. 아이들은 간식으로, 어른은 술안주로 먹는 모양이다. 이곳에는 옥수수의 종류가 놀랄 만큼 많다. 색도 다양하고 크기도 제각각이다. 하나같이 씹는 맛이 좋다.

맥주가 당기지만, 오늘밤은 참는다. 탄산수를 주문했다. 페트병 뚜껑을 아무 생각 없이 땄더니 금세 부풀어올라 테이블 위로 넘쳐흘렀다. 그렇지, 여기는 고지대지. 맥주가 아닌 탄산수를 주문한 이유를 생각하면 당연한 것을. 바보 같다.

남자 점원이 익숙한 일인 듯 테이블을 꼼꼼히 닦는다. 나도 모르게 몸을 굽히고 머리를 숙였다.

뜨거운 마늘 수프가 맛있었다. 점잖게 식사를 마치고 돌아왔다.

밤에 본 옛 수도원 호텔은 어두컴컴하고 고요했으며 상당히 박력 있었다. 역시 예배당이 훌륭하다. 스페인풍 장식과 빽빽이 들어찬 세간이 꽤 호화롭다.

어두운 회랑을 지나 방으로 돌아왔다.

기분은 나쁘지 않지만 머리가 멍하니 무겁다. 머릿속에 안개가 낀 것 같기도 하고 졸린 것 같기도 한 이상한 느낌이다. 피로 탓인지 고지대 탓인지 알 수 없지만 어쨌든 빨리 잠자리에 들기로 했다.

내일 아침엔 드디어 기차를 타고 마추픽추로 간다.

세계 7대 불가사의라는 것은 해석하기에 따라 다르겠지만, 현존하는 유적 중에서 마추픽추는 항상 빠지지 않고 오른다.

페루의 깊은 산중에 남아 있는 수수께끼의 공중 도시 마추픽추. 해발 약 2천 400미터.

깎아지른 듯한 봉우리로 둘러싸여 있으며, 좁은 삼각형 받침대 모양의 터에 돌로 만들어진 유적이 들어서 있다. 사진으로나마 삼면이 절벽으로 되어 있는 전경을 보지 않은 사람이 없을 정도로 유명하다.

이곳의 유래는 과거 잉카 제국 최후의 요새라고 불렸던 환상의 도시에 관한 전설로 올라간다. 환상의 도시, 그곳은 빌카밤바Vilcabamba라 불렸다. 스페인의 약탈을 피해 대량의 황금을 감췄다고 전해지는 도시다. 물론 스페인 사람들이 혈안이 되어 이 도시를 계속 찾았으나 결국 발견하지 못했다. 그럼에도 불구하고 이미 잉카 제국은 세력을 회복할 여력이 없었고, 덧없게도 16세기에 멸망해버린다.

그로부터 약 400년 후. 미국의 역사학자 하이럼 빙엄Hiram Bingham이 얼마 남아 있지 않은 옛 기록을 통해 빌카밤바로 추정되는 몇 곳을 찾아냈다. 그리고 1911년에 지역 주민으로부터 '공중 도시'에 관한 이야기를 듣고 어린아이의 안내를 받아 험준한 산속에 방치되어 있던 도시를 발견한다. 이것이 오늘날 마추픽추라 불리는 유적이다.

빙엄은 이곳을 빌카밤바라고 믿었지만 황금을 발견하지 못했고, 이곳이 진짜 빌카밤바라는 증거도 찾지 못했다. 빌카밤바가 마추픽추보다 더 서쪽에 있다는 설이 현재로선 유력하다.

원래 마추픽추는 '늙은 봉우리'라는 의미로, 마추픽추를 둘러싼 봉우리의 이름 중 하나가 그대로 도시 이름이 되어 불리고 있다.

잉카 제국의 흥망

잉카 제국은 안데스, 나스카, 티아우아나코Tiahuanaco 등 옛부터 중남미 지역에 모자이크처럼 흩어져서 번성했던 문화권을 통합해 15세기경에 건설한 300만 제곱킬로미터에 이르는 거대 제국이다.

그들은 쿠스코를 우주의 중심으로 삼고, 태양을 숭배하고 대량의 황금을 사용했다. 금속가공, 관개, 직조 같은 고도의 기술을 보유했고, 그중에서도 면도날 하나 들어가지 않을 듯 치밀한 석조 기술이 특히 유명하다. 또한 코카 같은 약용식물의 연구도 활발해 마취제를 사용해 뇌외과 수술을 했다는 사실도 알려져 있다.

주요 도시는 정비된 도로로 연결되었으며, 도로 근처에는 역참마을을 지어서 파발꾼이 정보를 날랐다. 문자는 없었지만 키푸Quipu라 불리는 결승문자를 써서 새끼와 매듭으로 기록을 했다.

그러나 왕족 사이의 권력 투쟁이 극심해지고 내란으로 혼란이 가중된 와중에 스페인 사람 피사로가 군대를 이끌고 쳐들어온다.납치된 왕을 구하기 위해 어마어마한 몸값을 지불했음에도 불구하고 허망하게도 왕이 살해되자, 16세기에 맥없이 멸망하고 만다.

잉카 사람들은 사후에도 미라가 되어 계속 생활했다. 이집트처럼 시신을 천으로 싸서 관에 넣어두는 것이 아니라, 말 그대로 옷을 입히고, 머리를 빗기고, 식사도 내어주면서 산 자와 함께 생활했던 것이다. 역대 황제들도 생전과 다름없이 장식으로 치장을 했고, 가마를 타고 마을을 돌며 수발을 받았다. 계속 늘어나는 미라와 가신이 권력투쟁의 불씨가 되었음은 상상하기 어렵지 않다.

가톨릭 신자인 스페인 사람들 눈에는 미라와 생활하면서 그들을 떠받드는 것 자체가 야만적이고 역겨운 사교邪教에 불과했다. 그들은 토착종교를 철저하게 탄압하고 신전을 파괴했으며 그 토대 위에 스페인 교회를 세웠다.

아이러니하게도 자신들의 역사를 문자로 남기지 못했던 잉카 제국에 대해 알 수 있는 한 가닥 실마리는 당시 스페인 선교사들이 남긴 약간의 기록뿐이다.

본론으로 들어가서

드디어 중남미 여행도 대단원으로 접어들었다. 이제 이 여행의 클라이맥스라고도 할 수 있는 마추픽추로 향하던 날 아침에 대해 쓰려고 한다. 사실 원고를 쓰는 지금은 이미 여행에서 돌아와 일 년하고도 삼 개월이 지난 시점이다.

실은 글이 이렇게 종반으로 치닫고 있다는 사실이 좀 당황스럽다. 『메갈로마니아』가 처음에 생각했던 것에서 한참 벗어나 있기 때문이다. 나는 훨씬 엔터테인먼트적인 여행기를 쓸 요량이었다. 그렇다고 엔터테인먼트적인 여행기가 어떤 것이냐고 물으면 딱히 대답하기 곤란하다.

나는 기행문 읽는 것을 좋아한다. 그 기원을 따지면 전쟁기록까지 올라갈 수 있을 것이고, 예로부터 지금까지 적지 않은 명저가 기행문이다. 학자든 기업가든 요리사든 어떤 한 분야의 탁월한 사람이 쓴 기행문이 재미있나. 저마다 가진 재능을 통해 세계를 볼 수 있기 때문이다. 그 사람 특유의 시각이 드러나는 점 역시 흥미롭다. 일류 음악가들은 직업상 여행이 잦아서인지 재미있는 기행문을 쓰는 경우가 많다.

그러나 뭐니뭐니해도 그중 가장 재미있는 것은 역시 작가가 쓰는 기행문이다. 이 분야로 말하자면 일본에서도 꽤나 왕성해서, 마쓰오 바쇼(松尾芭蕉, 일본에서는 일기문학에도 포함되는 작가다)부터 일본을 짊어지고 서구를 다녀온 모리 오가이(森鷗外, 메이지 시대의 대표적인 문인이자 의사. 대학을 졸업하고 군의관이 되어 1884년에 독일 유학을 다녀왔다—옮긴이)와 나쓰메 소세키(夏目漱石, 우리에게도 잘 알려진『나는 고양이로소이다』의 저자. 1900년에 문부성 장학생으로 선발되어 영국 유학을 다녀왔다—옮긴이)를 비롯해 나가이 가후(永井荷風, 메이지 시대에서 쇼와 시대에 활약한 소설가. 탐미적인 작품을 썼다—옮긴이)와 요코미쓰 리이치横光利一, 가네코 미쓰하루金子光晴, 남양군도에서 아이들에게 그림엽서를 보냈던 요절한 작가 나카지마 아쓰시中島敦, 철도 마니아였던 우치다 핫켄內田百閒 등 작가군도 풍성하다.

작가가 쓴 기행문의 묘미는 역시 현실에 기반을 두면서도 새로운 세계를 창조해내는 데 있다. 소설가는 허구의 세계를 창조해야 하므로 현실을 보고 있더라도 항상 그 너머에 있는 환상을 보는(의식과 무의식의 구별은 있겠지만) 경향이 있다. 여행지에서 무엇을 봤는지, 무엇을 연상했는지 읽어가다보면 어느 순간 그가 썼던 작품이 떠오르는데,

그럴 때는 짜릿한 전율까지 느껴진다. 만약 소설을 쓰기 위해 취재차 떠난 여행에서 쓴 기행문이라면 소설에서 무엇을 쓰고 무엇을 쓰지 않았는지 비교해보는 것도 재미있다.

여행기와 기행문학의 차이가 무엇이냐고 물으면 그것은 사색이 있는가 없는가로 판단할 수 있다고 생각한다. 눈앞의 풍경을 사색의 매개로 만들 수 있는가에 따라 그 기행문의 깊이가 결정된다. 사색의 대상이 일본이든, 거북이든, 자신이든, 무엇이든 상관없다.

이런 생각을 가지고 있는 만큼 내 여행기를 쓰기로 한 이상, 될 수 있는 한 깊이 '사색'하고 싶었다. 예전에 열심히 봤던 모리모토 데쓰로의 『사하라 환상 여행』이나 가이코 다케시開高健의 『오파!』 시리즈(소설가이자 낚시광으로 유명한 저자가 전 세계 낚시 여행을 다닌 이야기—옮긴이)나 요시다 나오야吉田直哉(씨를 붙이지 않아도 괜찮겠지)의 다큐멘터리 〈미래에의 유산〉처럼 멋지게 사색하고 싶다(!)는 큰 꿈을 안고 이 여행기를 시작했다.

그러나 압도적으로 교양이 부족한데다 밖에 나가는 것을 싫어하는 성격 탓에 이미 승산이 없었다. 그래서 이리 된 바엔 괴기소설로 방향을 틀어 오락적 요소를 가미하는 수밖에 없겠다고 판단했다. 여행지 곳곳에서 문득 떠오른 생각이나 소설의 소재가 될 만한 망상을 현실의 여정에 가득 넣어서 그야말로 '허구와 실재'가 태피스트리처럼 단단히 엮인 여행기를 쓰고 싶었다.

그러나 역시 현실은 그리 달콤하지 않다. 마야든 안데스든 잉카든 모두 그 광경이 무시무시하다. 압도적인 모습에 나는 말을 잃었고, 머릿속은 점점 비어갔다. 소설의 소재를 찾는 것은 고사하고 오히려 내 빈약한 상상력과 망상이 눈앞의 광경에 점점 빨려들어가는 듯했다.

고대문명에 흥미가 있었다고는 하지만 어차피 소설이나 만화가 먼저 떠오르고, 토막토막 책을 읽었을 뿐이지 체계적으로 고대사나 고고학을 공부한 것도 아니다. 이런 수준에서 문명의 가설을 세우거나 새로운 발상을 한다는 것 자체가 애당초 어불성설이었다.

지금의 나로서는 이렇게 거대한 풍경 속에서, 그리고 압도적으로 독창적인 광경 앞에서 뭔가 대단한 이야기를 짜낼 수 없다. 여행이 종반으로 치달을수록 이런 패배감이 몸속 깊숙한 곳에서 점점 커져갔다. 그 패배감이 최고조에 달한 때가 바로 마추픽추 유적을 찾은 날이다.

마치 그림 같은

아직 어두컴컴한 시간에 일어나 외출 준비를 했다. 분명히 모두 같은 열차에 탈 서양인 관광객들이 벌써 레스토랑에서 아침을 먹고 있다. 어째서인지 레스토랑 안이 컴컴하다. 조금 밝게 한다고 천벌을 받지는 않을 텐데.

아침은 뷔페식으로, 종류가 다양하고 모두 정성이 들어가 있다. 일본인 관광객을 배려한 것인지 아침인데도 닭 꼬치구이까지 있다.

일단 체크아웃을 하고 내일 다시 돌아올 때까지 짐을 맡기기로 했다. 그리하여 일박할 짐만 들고 동도 트기 전에 호텔을 나섰다.

마추픽추까지는 직통 열차를 타거나 차로 멀리 돌아 유적 근처의 산기슭까지 가는 방법이 있는데 우리들은 열차를 탄다.

마을 외곽에 있는 작은 역에는 노출된 플랫폼만 덩그러니 서 있다.

승객들이 제각각 역으로 들어온다. 철로에 서 있는 파란색 열차엔 이미 많은 승객이 앉아 있었다. 완전 예약제로 운영되는 좌석을 채우고 있는 대부분은 역시 서양인 관광객이다.

열차 입구에는 고급스러워 보이는 검정색 롱코트를 차려입은 승무원들이 마네킹처럼 움직임 없이 똑바로 서서 대기하고 있다. 하나같이 젊은 라틴계 미남 미녀라 한층 더 인형 같다.

어두운 플랫폼과 열차에서 피어오르는 증기. 각 객차마다 배정된 승무원들이 줄지어 서 있는 모습은 폴 델보Paul Delvaux의 그림 그 자체로, 마치 꿈속 광경 같다. 이대로 열차에 올라타면 우리를 신기한 세계로 데려갈 것만 같다.

기차 안으로 들어와보니 나와 O씨의 좌석이 1호차 맨 앞자리여서 깜짝 놀랐다. 단순한 행운인지, 능력이 뛰어난 여행사 덕분인지 모르겠다. 운전석이 옆쪽에 있어서 바로 앞에 있는 창 너머로 쭉 이어진 철로가 보이고, 무엇 하나 시야를 가리는 것이 없다. 하코네箱根 로망스카 열차 맨 앞의 파노라마뷰 좌석과 똑같다. 사실 로망스카 열차에선 계속해서 바뀌는 주변 경치 때문에 어지러웠는데, 이 열차는 어떨지.

생각해보니 일본을 떠나온 뒤 기차를 타고 이동하는 것은 이번이 처음이다. 이 그리운 안도감. 선로에 들어온 열차에 올라타 두근두근 출발하기를 기다리는 마음은 열차 여행이 아니면 느낄 수 없는 것이다. 열차 안은 기대감에 들뜬 승객들로 활기가 넘친다.

드디어 시간이 되자 열차가 조용히 미끄러진다. 조금씩 어둠이 물

러나고 있었지만 날씨가 흐린지 눈앞의 하늘은 잔뜩 무겁다.

열차는 천천히 주택가 사이를 구불구불 나아간다. 에노덴(江ノ電, 후지사와와 가마쿠라를 잇는 전철로, 바닷가와 주택가 사이로 철로가 지난다—옮긴이)처럼 주택가에 바짝 붙어 아슬아슬하게 달린다. 선로와의 경계선이 전혀 없기 때문에 그야말로 남의 집 뒤뜰을 통과하는 것 같다. 주민들도 이 선로를 생활도로나 통근로쯤으로 여기는지 아무리 경적을 울려도 태연하게 그 위를 지나간다. 경적이 꽤나 시끄러운데도 개들조차 익숙해진 듯 아예 돌아보지도 않는다. 건널목도 거의 없고, 다른 도로와 교차하는 곳이 나오면 경적을 길게 울려 주의를 줄 뿐이다. 가끔씩 넓은 간선도로가 나올 때만 건널목이 나타나서 오히려 깜짝 놀랄 정도다.

열차는 완만한 곡선을 그리며 산을 올라간다. 차창 너머로 마을 중심부가 서서히 보이자 점점 높이 올라가고 있다는 것이 실감난다.

하늘은 컴컴하고, 구름은 무겁고 가깝다.

승무원이 카트를 끌면서 아침식사를 나눠준다. 치즈와 햄을 끼운 크루아상 샌드위치와 뜨거운 커피가 반갑다.

열차는 산간으로 들어간다. 페루레일은 등산열차이기도 해서 간혹 스위치백을 하는데, 병풍처럼 수직으로 깎아지른 바위 앞까지 다가가 천천히 멈추면 승무원이 재빨리 선로 옆을 오가고 이윽고 열차가 뒤로 움직인다.

반면에 선로가 끝없이 뻗어 있는 평탄한 곳도 있어서 도대체 지금 내가 얼마나 높은 곳에 있는지, 올라가는 것인지 내려가는 것인지조차 헛갈릴 때가 있다.

단선인 철도의 양옆으로는 말 그대로 깎아지른 듯한 벼랑이다. 폐소공포증이 있는 사람이라면 좀 힘들겠다 싶을 정도로 절벽 꼭대기가 아득하다. 천창이 뚫려 있는 것도 이유가 있다고 생각했다. 그럼에도 터널이 전혀 없이 자연 지형 위에 선로가 놓여 있다.

선로는 우루밤바 강을 따라 이어져 있다. 처음엔 수량도 적고 강폭이 좁아서 강을 따라 달린다는 사실을 몰랐지만 달리기 시작한 지 한 시간 정도 지나니 요란한 물소리가 들렸다.

벼랑의 색이 점점 달라지고 눈앞에 줄지어 있는 산의 빛깔도 시시각각 변하는 것은 토질이 다르기 때문일까? 나는 산 빛깔이나 구름의 표정을 보는 것만으로도 즐거워서 다른 승객들이 꾸벅꾸벅 조는 사이에도 꿈쩍 않고 질리는 기색 없이 산에서 눈을 떼지 않았다.

간간이 나타나는 마을, 옥수수밭, 산기슭의 경사면에 기하학적으로 만들어진 계단식 밭.

문득 산 표면을 올려다보니 마애불인 양 암벽에 작은 사당 같은 유적이 남아 있다. 그 수가 꽤 많은 걸 보니 잉카 제국을 둘러싸고 있다는 도로, 즉 잉카 트레일을 따라 만들어진 모양이다.

강은 조금씩 폭이 넓어져 이제 제법 계곡 같은 분위기가 난다. 어느새 물소리는 요란해졌고, 탁한 갈색 물줄기가 세차게 옆을 흘러간다. 큰 바위가 들썩거리는 모습이 자주 눈에 띌 정도로 그 침식력이 엄청나다. 어떤 구간은 선로의 경계까지 아슬아슬하게 흙이 도려내져 있어서 간담이 서늘했다. 비가 억수로 오는 날엔 불어난 물이 골짜기로 밀어닥칠 것이 분명하다. 선로를 유지하는 일도 오죽 큰일이겠다 싶어 내심 걱정스러운 마음이 들었다.

약 네 시간을 달려 종점 아구아스칼리엔테스Aguascalientes 역에 도착했다. '뜨거운 물'이라는 역 이름이 말해주듯 이곳엔 온천이 있다. 열차에서 내려서면 유황 냄새가 진하게 풍겨 기누鬼怒 강 근처의 온천에 온 듯한 착각이 든다.

어디를 올려다봐도 험준한 산들이 늘어서 있을 뿐이어서 그야말로 깊은 골짜기 속 마을 같은 분위기가 난다.

역사를 나오니 승객들을 기다리고 있는 것은 호텔 이름 혹은 손님

이름이 적힌 판을 든 사람들과 특산품을 파는 상인들이다. 온천 근처 역에 온 늣한 기시감이 점점 더 짙어진다.

역에서 마추픽추까지는 개인 차량을 타고 들어갈 수 없다. 유적 입구까지 꼬불꼬불하게 난 길은 모두 셔틀버스로 왕복해야 하며 입장료에 버스비가 포함되어 있다.

조금 걸어서 관광안내소 가까이 가니 잇따라 버스가 들어와 착착 관광객을 태우고 떠난다. 엄청난 버스의 행렬에 어안이 벙벙했지만, 우리도 그 무리 속에 끼었다.

버스는 모두 새하얀 벤츠다. 세로가 약간 긴 중형버스 차체가 마치 잘라놓은 카스텔라를 연상시킨다. 운전기사에게는 익숙한 길이라는 건 알겠지만 무턱대고 달리면서 커브길에서도 전혀 속도를 줄이지 않는 바람에 그야말로 분위기가 다이내믹해졌다. 이로하자카(いろは坂, 도치기 현 닛코 시에 있는 도로로, 총 48개나 되는 커브길이 있다—옮긴이)에서도 이렇게 무섭지는 않았다. 이대로 낭떠러지 아래로 곤두박질치는 것 아닐까 싶을 정도로 커브마다 몸에 중력이 쏠리고, 눈앞으로 칼같이 솟아오른 산봉우리가 부웅 떠오른다. 절경인 것은 틀림없지만, 그에 못지않게 중력도 두렵다.

삼십 분가량의 혼비백산 드라이브가 끝나고 드디어 종점에 도착했다.

마추픽추에 도착하다

오늘밤 나와 O씨는 유적 입구에 있는 유일한 호텔에 묵는다. 전 세계에서 예약이 쇄도하는 곳이기 때문에 처음에 예약하려고 했을 때는 이미 방이 없었는데, 반대로 장소가 장소인 만큼 취소하는 사람도 많아서 당일이 되니 방을 하나 잡을 수 있었다. 덕분에 마추픽추의 일몰과 새벽을 즐길 수 있어서 다행이다. H씨는 점심을 먹고 산기슭으로 내려가 아구아스칼리엔테스의 여관에 묵겠다고 한다.

짐을 풀기 위해 먼저 체크인을 했다. 호텔은 산장 같은 분위기를 물씬 풍겼다. 아늑한 방 창문 너머로 새파란 산과 구름이 보이자 그제서야 정신이 좀 들었다. 이층 방 창문에서 내려다보니 여전히 버스가 밀려들어 관광객을 토해내고 있다. 이 기세로 관광객이 몰려들면 도대체 어떻게 될까? 길일마다 발 디딜 틈 없이 사람들이 몰려드는 영험하다는 어느 절의 풍경이 떠오른다.

그 먼길을 돌아 지구 반대편, 이번 여행의 하이라이트라고 할 수 있는 마추픽추에 도착했건만 나는 아까부터 우울하다.

내가 소심한 인간이라는 것은 진즉부터 자각하고 있었지만, 몸뚱아리만 엄청난 기세로 여기까지 왔을 뿐, 의식은 아직 쿠스코 호텔 언저리에서 깜박 졸고 있는지 아직 여행의 하이라이트를 받아들일 준비가 되지 않아서 마음이 혼란스럽다.

하늘엔 여전히 구름이 두껍게 깔려 있지만 구름 너머로 밝은 빛이 언뜻언뜻 비친다. 구름이 직사광선을 막아주는 것이 다행인지도 모르겠다.

H씨가 관광협회에 등록된 지역 가이드를 데려와 함께 안내를 받기로 했다. 약간 몸집이 작고 삼십 대 중반으로 보이는 라틴계 남성이다.

유적 입구는 매우 좁다. 마치 케이블카 요금소 같다. 입장권을 보여주고 산 표면을 따라 나 있는 좁은 산길을 줄지어 올라가니 오래된 돌길이 보인다.

둔중한 구름이 바로 눈앞에 있다. 그 끝에 확 뚫린 공간이 있을 것만 같다.

"마음의 준비는 됐나요? 바로 이 앞에 기적과도 같은 곳이 있습니다."

가이드가 갑자기 발을 멈추고 극적인 효과를 유발하려는 듯 우리를 돌아보며 싱긋 웃었다. 나는 점점 동요했다. 그러나 아직도 마음의 준비는 되지 않은 것 같다.

노 저어나가는 배 같은

맨 처음 우리가 발을 들여놓은 곳은 거대하면서도 휑뎅그렁한 계단식 밭 위였다.

아무것도 없다.

가까이에 구름이 흐르는 푸른 산이 바로 앞에 가로놓여 있다. 시선을 조금만 아래로 떨구어도 확 트인 공간의 기운이 느껴진다. 걸어가면서 보니 눈 아래로 미로 같은 석조 마을이 펼쳐져 있다.

모형 정원 같다. 그리고 천공의 벼랑 끝에 있다는 사실이 느껴지지 않을 정도로 편안한 공기가 감돈다.

고소공포증이 있는 나는 사실 남몰래 떨고 있었다. 공중 도시 마추픽추에 울타리 같은 것이 있을 리 없는데다, 휑하니 뚫려 거센 바람이 몰아치는 무서운 곳이 아닐까 하는 생각이 들어서.

그러나 눈앞에 펼쳐진 넉넉한 공간은 생각보다 무섭지 않았다. 마추픽추는 마치 대양을 항해하는 배의 앞머리 같은 모양을 하고 있고, 그 뱃머리 끝에는 작은 산이 있다. 다행히도 그 산이 정면에서 적당하게 시야를 가려줘서 정상 코앞의 벼랑 위에 우리가 있다는 것을 의식하지 않을 수 있었다.

사진 그대로. 책에서 본 그대로. 이런 느낌밖에 떠오르지 않는다. 게다가 주변에서 전 세계 언어가 뒤섞여 들려오고, 단체관광객도 끊임없이 쏟아져들어왔다. 너무나도 소란스러워서 세계 7대 불가사의의 공중 도시가 아니라 마치 잉카 문명을 주제로 한 테마파크에 있는 듯한 착각이 들 정도였다.

생생하게 느끼지 못하면 안 되는데.

나는 내심 초조했다.

신비의 장소, 심원한 수수께끼로 가득한 고대문명을 온몸으로 느껴야 하는데.

지령의 소리를 듣고 영감을 얻어야 하는데.

이곳이 이번 여행의 하이라이트이자 중남미 여행의 절정이니까.

사실 마을 안을 걸어다니는 것은 재미있었다. 시원하게 뻗은 수로와 사방으로 나 있는 계단, 돌로 쌓은 멋진 방과 회랑은 마치 미로 같아서 걷는 즐거움이 있었다.

그러나 여기저기서 왕왕대는 이야깃소리를 듣고 있자니 고대유적 안에 있다기보다 잘 만들어진 테마파크에서 스탬프 랠리를 하는 것

같다는 느낌을 떨칠 수 없었다.

H씨가 "어릴 때 마추픽추의 많은 돌이 어디에서 왔는지 알 수 없다는 수수께끼 같은 이야기를 들었는데, 사실은 어떻습니까?"라고 가이드에게 물었다. 그러자 O씨가 "지금은 이 주변에서 나온 돌이라는 걸 모두 알고 있어요. 실제로 마을 안에 돌을 자르는 곳도 있고, 아직 도시가 완성되지 않았다는 것도 밝혀졌지요"라고 대답했다

그의 말대로 마을 중턱에 거대한 돌을 옮겨놓은 채석장이 있었다. 어디에서 가져온 것이 아닌 본디 이 지역에 있었던 자연석 같았다.

예전엔 마추픽추 하면 수수께끼의 공중 도시라는 이미지가 컸지만, 막상 현지에 와보니 대단히 잘 계산된 실험도시라는 느낌이 든다. 무엇보다 산 여기저기 상당히 넓게 펼쳐진 계단식 밭을 보면 이곳에 살았던 사람들의 생존과 자급자족에 대한 의지가 강하게 느껴진다. 물을 확보하는 방법도 현실적이고, 주거 공간 역시 기능적이다. 신에게

제사를 드리는 일이 주목적인 도시였지만, 현대적인 공동주택으로도 손색없는 세련미가 엿보인다.

역사라는 것은 현재진행형인 만큼 이곳에서 앞으로도 계속 새로운 모습이 드러나리라는 것을 실감했다.

호텔 레스토랑에서 늦은 점심을 먹었다. 우리 옆자리에 꽤나 여행을 많이 다녀본 듯한 중년의 일본인 부부가 있었는데, 우리가 자리에 앉자마자 아내 되는 사람이 "일본 사람이 너무 많네"라고 내뱉듯이 말했다. 특별히 우리를 향해 한 말도 아니고, 이 말을 들은 사람도 나뿐이었을 것이다.

그런데 어느 관광지를 가더라도 이런 말을 흔히 듣게 된다. 그때마다 일본인이라는 사람들은 몰려다니지 않으면 불안해하면서도 또 한편으로는 일본인을 혐오하고 있다는 생각을 한다.

당신도 일본인이고, 당신이 가고 싶은 곳이라면 다른 사람들도 모두 가고 싶은 곳이거든요 하고 속으로 말대답을 했다. 게다가 일본인만이 아니라 한국인이나 중국인도 꽤 많잖아요.

단체여행객을 보면 대개 국민성이 드러나는데 멕시코에서도 여러 나라에서 온 여행객을 봤다. 이탈리아, 미국, 중국은 시끄럽다. 일본인은 대개 조용하고, 독일인도 그다지 잡담을 하지 않는다.

멕시코에서도, 마추픽추에서도, 꽤 귀엽고 눈에 확 띄는 젊은 일본 여자는 혼자 다니거나 서양인 남자친구와 함께인 경우가 대부분이었고, 젊은 일본 남자들은 예외 없이 여럿이서 다녔다. 대개 분위기도 좋고 옷 입는 센스도 돋보였지만 네다섯이 함께 다녀도 놀랄 정도로 눈에 띄지 않았고 말할 수 없이 존재감이 없었다. 젊은 일본인 커플도 존재감이 없기는 마찬가지. 벌써 십여 년이나 사람들 사이에서 이런 이야기가 떠돌고 있지만, 역시 일본 남자는 내성적이고 무척이나 활기가 없다.

무지개와 토끼와

점심식사를 마치니 세시가 다 되었다. 마추픽추에 이미 몇 번이나 와본 H씨는 일찌감치 버스를 타고 내려갔다.

입장권이 일일권이라서 나와 O씨는 다시 마추픽추에 발을 들였다. 변함없이 O씨는 촬영할 거리를 찾아 계단식 밭으로 올라갔다.

서서히 단체여행객이 줄고, 석양빛이 돌기 시작했다. 산속 날씨가 변덕스러워서 갑자기 비가 내리기도 했지만, 어느새 빛이 쏟아져 석조 도시 여기저기에 복잡한 그림자를 만들었다.

O씨가 보여준 최신 학술논문에 의하면 어미 새와 새끼 새가 그려진 돌담이 발견되어 아직 숨겨진 그림이 더 있는 것이 아닐까 하는 추측이 나돌고 있다고 한다.

수많은 창문과 기둥의 그림자가 시시각각 변해가는 광경을 보노라면 분명 빛의 효과를 노린 또다른 숨은 그림이 감춰져 있을 것만 같다.

하늘을 보니 거대한 무지개가 떠 있다. 그 무지개가 부른 듯 갈색 산토끼가 조르르 달려나왔다. 어딘가에 집이 있을 것이다. 혹시 식사 시간일까?

호루라기 소리가 울렸다. 관리인이 마추픽추에 남아 있는 사람들을 불러내고 있다.

나는 멍하니 사라져가는 무지개를 바라보면서 뉘엿거리는 석양으로 물드는 마추픽추에 꼼짝 않고 서 있었다.

이제야 이곳에 있다는 실감이 났지만 여전히 내 머릿속은 텅 비어 어떤 영감도, 어떤 정경도 떠오르지 않았다.

아아아, 나는 한숨을 쉬며 왔던 길로 터벅터벅 발길을 돌렸다.

공중 도시의 아침

여행의 기억이라는 것은 매우 묘해서 여행지의 경치나 인상도 기억에 남지만, 내 경우에는 그 당시 품었던 감정이 더 선명할 때가 많다.

기행문을 쓰는 것이 이 여행의 첫번째 목적이지만, 개인적으로 소설의 소재를 하나라도 더 얻고 싶었다고 앞에서도 이야기한 적 있다. 그러나 마추픽추에서 강하게 느꼈던 감정은 절망과 초조와 탈진이었다. 그림엽서 같은 관광지. 번쩍번쩍한 벤츠 버스. 무엇보다 나의 빈곤한 감수성과 상상력.

저녁을 먹고 방으로 돌아온 뒤에도 나는 여전히 패배감에 싸여 있었다. 십 년 전이었다면 어땠을까 상상을 해봐도 그리 신통치가 않다. 예전엔 어딘가에 가면 아이디어가 줄줄 떠올랐다. 여기에선 이것을 사용하고, 여기에선 이런 일이 일어나고…… 상상이 꼬리를 물었다.

때문에 반대로 즉물적인 자극이 없으면 글이 써지지 않았다고 할 수도 있겠다. 하지만 즉물적인 자극으로 뭔가를 쓸 수만 있다면 그보다 더 좋은 것은 없다. 마지막에 기초를 잡을 수만 있다면 소설가의 입장에서는 그 계기가 무엇이 되든 좋다.

그러나 잔뜩 기대하고 온 중남미 여행에서 더는 예전 같은 방법이 통하지 않음을 뼈저리게 느꼈다. 본 그대로를 쓴다면 나도 독자도 더 이상 만족하지 않으리라는 사실을 새삼 확신했다. 게다가 한 치의 빈틈도 없이 강렬한 이미지를 지닌 곳을 얄팍하게 관찰해서 소설의 무대로 세운다는 것 자체가 주제넘은 일이다. 다른 방법으로 접근해야 한다. 다른 방향에서 다른 사고방식으로 소설의 소재를 만들지 않으면 안 된다.

이런 생각을 하면서 눈을 감았다. 그리고 순식간에 아침이 왔다. 아침이라고 해도 일출 전이라서 주위는 아직 어둡다. 하늘은 두터운 구름으로 뒤덮여 있고 비가 내렸다. 일출을 볼 수 없을지도 모른다는 생각에 불안했다. 그러나 본래 산속 날씨는 변덕이 심하니 지금 비가 오더라도 나중은 알 수 없다.

어슴푸레한 식당에서 가볍게 아침을 먹은 뒤 외투를 입고 세번째로 마추픽추를 찾았다. 아침 일찌감치 이곳에 들어온 사람들은 호텔 투숙객이나 잉카 트레일을 넘어온 등반객들뿐, 인적이 드물다.

마추픽추는 안개라기보다는 구름에 푹 싸여 있었다. 계단식 밭으로 들어갔지만 아무것도 보이지 않는다. 다른 관광객들이 그림자처럼 흐릿하게 떠올라 있다. 공기는 차갑고 주변은 한없이 고요하다.

흑백의 세계.

그림자의 세계.

바람 한 점 없는 침묵이 세계를 지배하고 있다.

숨을 쉬면 목구멍으로 구름이 들어와 싸하니 차갑다.

소리가 사라져버린 듯하다. 게다가 시간이 멈춘 것 같은 느낌에 어쩐지 불안하다. 방향감각조차 잃어버렸다.

나는 넋을 잃고 회색 세계 속에 서 있었다.

나직한 말소리가 들렸지만 그것 역시 환청인 듯했다.

이윽고 구름이 움직이는 것이 느껴졌다. 언뜻 단순한 회색 세계처럼 보였지만 구름이 엄청난 속도로 움직이고 있다. 산을 둘러싸며 빠르게 흘러갔다. 자세히 보니 근처 산 위를 흘러가는 구름과 마추픽추 위를 흐르는 구름, 이 두 개의 큰 흐름이 부딪히며 공중에서 소용돌이쳤다.

조금씩 주변이 밝아졌다. 군데군데 열어진 구름 사이로 드디어 주위 산들이 보이기 시작했다. 방향감각이 둔해진 탓인지 생각보다 산 정상이 훨씬 높이 있어서 깜짝 놀랐다.

서서히 구름 아래에서 공중 도시 건축물이 떠올랐다. 말 그대로 건물의 검은 윤곽이 갑자기 드러났다. 이 광경을 지켜보는 사이 몸속 저 깊은 곳에서 뭔가 살짝 꿈틀거리는 것이 느껴졌다.

재미있다.

나는 시선을 집중해 눈 아래에서 떠오르는 도시 유적을 가만히 바라보았다. 조금씩 모습을 드러내는 구조물. 가슴이 두근거렸다. 마치 물건 위에 종이를 대고 연필로 문지르면 그 물건의 형태가 종이 위로 떠오르는 모습 같다.

구름은 마추픽추 위를 가로질러 흘러간다. 마치 기류 실험이라도 하는 것 같다. 하얀 구름이 옆에서 점점 흘러들어와 도시 위를 넘어간다. 말 그대로 구름 물결이 차례차례 흘러나가면서 반대편 벼랑 아래로 폭포처럼 떨어진다. 아무리 봐도 질리지 않는다. 조금씩 주변이 밝아지자 구름도 점점 흰빛을 띠면서 솜으로 만든 강처럼 폭신폭신 흘러간다.

그 모습을 보는 사이 문득 히죽히죽 미소 짓는 나를 발견했다. 왠지 알 수 없는 웃음이 터져나왔다. 그저 구름이 마추픽추 위를 가로질러 흐르는 모습을 본 것뿐인데. 단지 차가운 안개 속에 서서 구름을 바라본 것뿐인데.

행복하다, 고 생각했다.

이른 새벽 마추픽추에 홀로 서서 구름 속으로 떠오르는 공중 도시를 바라보는 이 순간, 나는 주체할 수 없이 행복했다. 말할 수 없이 묘한 희열이 온몸에 차올라 혼자서 빙글빙글 웃었다.

바로 그때, 구름 위를 오도카니 날고 있는 소녀가 보였다.

앗.

긴 머리의 소녀. 이제 아무도 살지 않는 고향 위를 날며 마을을 내려다보는 소녀. 저멀리 폐허가 된 마천루를 바라보는 소녀.

나는 재빨리 수첩을 꺼내 소녀의 모습을 써나갔다. 이 여행에서 처음으로 여행기가 아닌 문장을 쓴 순간이다. 이때 썼던 것이 바로 이 책의 첫번째 프롤로그다.

태양의 문

구름 쇼를 두 시간쯤 봤을까? 주위는 완전히 밝아졌고 구름도 걷혀 서서히 관광객까지 몰려들자 신비로운 분위기는 자취도 없이 사라지고 어제와 똑같은 소란이 다시 시작되었다. 마침 촬영을 마친 O씨도 내려와서 함께 잉카 트레일에 있는 '태양의 문'이라 불리는 고개로 향했다.

계단식 밭 옆으로 포석이 깔린 잉카 트레일이 이어져 있다. 끝없이 이어진 산길은 가축과 나란히 걸어도 충분할 정도로 넓어서 걷기 좋다. 게다가 상당한 고지대임에도 나무들이 적당히 시야를 가려줘서 내가 걷기에도 무리가 없다. 실제로 스페인 사람들이 말을 타고 이 잉카 트레일을 따라 오지까지 쳐들어갔다고 한다. 때문에 이 길이 잉카 제국이 멸망하게 된 원인 중 하나라는 설도 있다.

완만한 오르막이 계속되는 중간중간에 이정표처럼 유적이 여기저기 흩어져 있다. 걷는 도중에 앉은키가 큰 라마를 만나 발에 걷어차이지 않게 슬쩍 옆으로 피했다. 주인이 있는 녀석인지, 방목된 건지, 아니면 아예 그런 자각조차 없는지, 어제저녁에도 이 녀석들은 마추픽추 산기슭의 계단식 밭을 느긋하게 걸으며, 묘하게 색기가 돌면서도 무심한 눈빛으로 보는 듯 마는 듯 주변을 응시하고 있었다.

마추픽추 안은 디즈니랜드처럼 관광객으로 들끓더니 수백 미터도 떨어지지 않은 이 산길은 고요하다. 커다란 배낭을 메고 산악용 스틱을 손에 쥐고 고개를 넘어 잉카 트레일을 걸어온 유럽인 등산객들만이 이따금씩 스쳐지나간다.

태양이 떠오르면서 초록 산의 색깔도 시시각각 밝아졌다. 우루밤바강이 흐르는 계곡의 밑바닥 아주 깊은 곳까지 산이 거의 수직으로 내리꽂혀 있어서 강을 보려고 해도 아주 멀고 희미하게밖에 보이지 않는다.

오르막길 경사는 완만했지만 그것도 계속 걸으니 땀이 난다. 문득 돌아보니 어느새 마추픽추가 모형 정원처럼 작아져 있다. 계곡 아래로 떨어지는 구절양장이 선명히 눈에 들어온다. 이제야 안도의 한숨이 나온다. 관광지에서 빠져나왔다는 느낌이 들었다.

예상했던 대로 이 길을 왕복했던 두 시간이 인상 깊게 남아 있다. 모처럼 O씨와 영국 역사학자 토인비에 대해 대화를 나눴다. 처음으로 가이드 없이 느긋하게 걸을 수 있었기 때문일 것이다.

마추픽추를 비롯한 세계 유적을 보면 무엇이 그리 특별했기에 이렇게 잔혹한 장소에 건축물을 세웠을까 하는 의문이 들 때가 많다. 그러나 그런 질문은 난센스가 아닐까?

문제는 마음이다.

가구야かぐや 공주(헤이안 시대 문학작품 『다케토리 이야기』의 주인공. 자신에게 청혼한 다섯 명의 귀공자에게 난제를 냈으나 아무도 풀지 못하자 결국 승천한다—옮긴이)가 낸 난제를 구혼자들이 필사적으로 풀려고 했듯이, 신이나 고차원적 존재에게 자기 마음의 깊이를 증명하기 위해서는 더 힘들고 더 불가능한 한계에 도전하는 것이 당연하다. 별생각이 없는 사람이라면 건성건성 신을 숭배하면 된다. 그러나 신심을 증명하고픈 이들은 마추픽추를 만들거나, 사막이나 밀림 속에 모두가 놀랄 만한 독특하고 거대한 건축물을 세우는 것이다.

잉카 트레일을 걷는 동안 자연스레 그런 생각이 들었다. 겨우 도착한 태양의 문은 거의 무너졌지만 이름 그대로 '문'의 형태를 하고 있었다. 정확히 고개 정상에 있는 이곳을 넘으면 다시 잉카 트레일의 내리막이 이어져 있다.

돌아보니 저 끝에 모형 같은 마추픽추가 하얗게 떠 있어서 나도 모르게 탄성을 터뜨렸다. 긴 산길을 올라와 태양의 문에 서서 저멀리 떠 있는 공중 도시를 바라보는 여행자의 감격은 이루 말할 수가 없다.

탁류를 따라

점심때가 다 되어 다시 꼬불꼬불 험한 산길을 버스로 내려와 마중나온 H씨와 함께 산기슭에 있는 레스토랑에서 식사를 했다.

산속을 흐르는 물을 따라 내려왔다고 하면 꽤 그럴듯하게 들리지만, 사실 창밖으로 보이는 것은 엄청난 속도로 흐르는 우루밤바 강의 갈색 탁류다. 그 어마어마한 수량과 세찬 물살에 가슴이 조마조마했다. 이곳 사람들은 강이라고 하면 저것처럼 사납게 날뛰는 탁류를 떠올릴까?

다시 아구아스칼리엔테스 역에서 기차를 타고 강을 따라 달렸다. 어느 틈에 지역 특산품인 알파카 옷과 소품을 걸친 모델들이 나와 패션쇼를 벌인다. 돌아가는 길엔 승객들이 더이상 강을 따라 펼쳐진 풍경에 관심을 두지 않는다는 사실을 잘 알고 있는 것이다.

현지의 건장하고 젊은 승무원들이 스웨터와 긴 숄을 걸치고 음악에 맞춰 통로를 걷는다. 조금 부끄러워하는 모습이 오히려 귀엽다.

한 시간가량 달려 오얀타이탐보Ollantaytambo 역에서 내렸다. 이곳에서 우리를 기다리던 왜건에 몸을 실었다. 여행 일정을 O씨에게 모두 맡겨버린 나는 아무런 사전정보도 없이 이렇게 오얀타이탐보를 방문하게 되었다.

바람의 계곡

페루 여정을 돌이켜보면 안데스 산맥의 비경, 마추픽추 위를 흐르던 구름 풍경, 쿠스코 대성당 앞의 쌀쌀했던 광장이 생생하게 떠오른다. 그런데 여기에 더해 가장 강렬한 인상을 받았던 곳이 바로 오얀타이탐보다. 어쩌면 책이나 잡지에서도 본 적이 없는 곳이기 때문일지도 모르겠다.

차를 타고 도착한 곳은 기묘한 곳에 자리잡은 소박한 마을이었다. 이곳의 기괴함을 어떻게 설명하면 좋을까? 삼면이 산으로 둘러싸여 있지만 마을이 있는 곳은 골짜기가 아니라 평지다.

쟁반 위에 네모난 돌 세 개를 풍차 날개처럼 중심을 향해 조금씩 틀어서 겹쳐 얹는다. 이 쟁반을 옆에서 보면 겹쳐놓은 세 개의 돌이 시야를 가려 그 틈새에 있는 중심부가 보이지 않는다. 그런 느낌의 지형이다. 숨겨진 마을이라는 비유가 머릿속에 떠오른다.

이곳은 잉카 제국 후기에 번성했던 역참마을로, 자세히 보면 마을 사이 벌어진 틈새로 잉카 트레일이나 신전이 보인다. 태양의 신전은 산속 유적이 내려다보이는 다소 높은 곳에 있어서, 이 일대의 중심이라는 것을 알 수 있었다.

변함없이 산비탈에는 훌륭한 계단식 밭이 있고, 일체 낭비가 없다.

신전의 돌 배치는 매우 정밀하고 아름답다. 운반을 위해 움푹 패였거나 돌출된 부분은 마치 나사 같고, 도드라진 적갈색 얼룩은 철에 슨 녹과 흡사하다.

더욱이 이곳의 돌 배치는 어딘지 모르게 넉넉하고, 아름답고 품위 있는 돌의 곡선은 폭신한 느낌마저 들게 한다. 누르면 움푹 들어가지 않을까 싶을 정도다. 돌담의 돌 하나하나의 한가운데가 부풀어 있기 때문이다. 돌과 돌이 맞닿은 경계가 가장 쉽게 부서진다는 걸 알고 가급적 경계면이 손을 타지 않도록 중앙 부분을 볼록하게 깎았을 것이다.

이런 논리를 알면서도 갓 구워낸 떡을 쌓으면 이렇게 되겠구나 하는 생각을 하고 말았다. 빵 반죽처럼 돌을 만드는 반죽이 있어서 돌 반죽을 가마에 구워 크게 부풀고 뜨거울 때 착착 쌓아올리는 광경을 상상해본다. 뜨거운 동안이라면 아직 가벼워서 커다란 돌도 휙휙 나를 수 있을 것이고, 점차 식으면 딱딱해지고 묵직해질 것이다. 서로의 무게에 눌려서 돌 한가운데가 볼록 삐져나온다. 나는 잠시 이런 방법을 잉카 사람들은 알고 있었던 것이 아닐까 하는 황당무계한 생각에 빠졌다.

그리고 또하나 인상적이었던 것이 바람이다. 태양의 신전을 향해 계단식 밭 사잇길로 올라가는데 골짜기 밑에서 강한 바람이 계속 밀려온다. 손으로 꼭 잡고 있지 않으면 아래에서 불어온 바람에 모자가 날아가버릴 정도다.

햇살은 강하게 내리쬐는데 바람은 놀라울 정도로 차다.

바람의 흐름이 어떻게 되는 것일까? 마을을 둘러싼 첩첩 산줄기 틈새에서 이 작은 마을로 흘러들어온 바람이 서로 부딪히며 갈 곳을 잃고 하늘로 밀려올라가는 것일지도 모른다.

태양의 신전에서 내려다보면 작고 네모난 지붕이 한데 똘똘 뭉쳐 네모난 마을을 이루고 있어서 자연스레 '상자 속 정원' 혹은 '숨겨진 마을'이라는 비유가 떠오른다. 이 마을을 내려다보던 그때의 감각은 내 가슴에 거칠거칠하게 남아 있다.

서서히 먼 하늘에 어둠이 깃들고 주변도 어슴푸레해지기 시작했다.

산과 산 사이로 난 브이자 모양의 틈새에 먹을 흘린 듯 구름이 멈춰 있고, 땅울림 같은 우렛소리가 멀리서 들려온다. 지형 때문인지 산을 울리고 얼굴에까지 그 진동이 부딪혀올 것 같은 신기한 울림이다.

이때 본 풍경은 내 안에 한 장의 사진이 되어 남았다. 그것도 거칠거칠한 입자로, 세피아 색으로 바랜 오래된 사진으로.

묘한 그리움

산을 내려와 지역 가이드에게 마을을 안내받았다. 침착하고 사려 깊었던 그는 근처에 사는 주민인 듯한 사람이 길가에서 쪄낸 감자를 주자 우리에게도 나눠주었다. 따끈따끈하고 굉장히 맛있었다.

마을 안을 걷다보니 묘한 기시감이 밀려왔다. 이곳을 일본의 하기(萩, 야마구치 현 중부에 있는 도시로, 에도 시대 성읍지 중 하나였다—옮긴이)나 쓰와노(津和野, 시마네 현 남서부에 있는 도시로, 쓰와노 강을 따라 옛 가옥이 많이 남아 있다—옮긴이) 같은 오래된 성하촌(城下村, 전국시대부터 에도 시대에 걸쳐 성을 중심으로 발달한 시가—옮긴이)이라 해도 전혀 이상하지 않을 것이다.

돌담 위에 치자색 흙담을 올리고 거기에 기와지붕까지 얹은 모양이나, 돌길 한가운데로 좁은 수로가 나 있는 모습은 일본의 옛 거리 풍경 그대로다. 집은 담으로 둘러쳐져 있고, 골목에서는 집안이 들여다 보이지 않는다.

이가(伊賀, 미에 현 북서부의 도시로, 닌자의 고장으로 유명하다—옮긴이)의 닌자처럼, 이 숨겨진 마을에도 대대로 관부의 첩자를 가업으로 이어온 오래된 일족이 살지는 않을까? 역참마을은 정보교환의 장소이자, 여관은 동서고금 스파이가 위장하기에 적합한 업종이었다. 은밀하게 모였다가 흩어지기를 반복하면서 잉카 제국을 음지에서 떠받치던 사람들이 이곳에 살았던 것은 아닐까? 불현듯 그런 망상이 든다.

마치 시간이 멈춘 것 같은 마을을 떠난 후에도 여전히 꿈꾸는 듯한 기분이었다.

내게 오얀타이탐보는 '바람의 계곡'이라는 이름으로 남아 있다. 자동차가 쿠스코로 향하는 간선도로로 빠져나와 완전히 경치가 바뀌었을 때도 여전히 꺼끌꺼끌한 풍경의 잔해가 몸안에 남아 있었다.

이곳은 후에 꼭 글로 써야겠다고 결심했다. 언젠가 저 '바람의 계곡'을 어떤 형태로든 어딘가에서 써보자고.

뼛속까지 추웠던 거리

쿠스코의 호텔로 돌아오니 이미 날이 저물었다. 짐을 정리하고 욕조에 몸을 담그며 한숨을 돌렸다.

그런데 문제는 추위다. 꼭 필요한 것만 가져왔기 때문에 티셔츠와 윈드브레이커밖에 없다. 이것만으로는 추위가 가시지 않는데다, 오늘 밤 호텔 레스토랑에서 저녁 먹을 일이 난감하다. 그래도 오성급 호텔 레스토랑인데 아무래도 티셔츠와 샛노란 윈드브레이커 차림은 창피하다.

그런 이유로 나는 호텔 내 알파카 용품점에 뛰어들어가 베이지색 스웨터를 하나 샀다. 유럽의 부자들을 상대하는 가게인지라 당연히 가격이 싸지 않지만 제품이 좋고 무엇보다 가볍고 따뜻하다.

레스토랑 입구에서 H씨에게 "추워서 스웨터를 샀어요" 하고 가격을 말하니 “응, 그 정도는 할 거예요. 나쁘지 않아요”라고 한다.

옛 수도원이었던 호텔 레스토랑은 중정을 빙그르 둘러싸고 있으며, 내부 장식이 제법 세련되고 중후하다.

H씨, O씨와 셋이서 술 이야기를 하면서 분위기가 달아올랐다. 추워서인지 레드 와인이 잘 맞는다. 알파카 고기를 주문해봤는데 담백하고 부드러운데다 매우 질이 좋고 맛있다. 스웨터도 좋고 저녁식사도 좋으니 쿠스코에선 알파카에게 신세를 졌다.

바로 자리를 옮겨서 페루의 독주, 피나를 마셨다. 약간 희부연한 것이 살짝 달고 맛있다. 상당히 강렬한 술이었지만 식후주로 매우 잘 맞아서 뱃속을 깔끔하게 정돈해주는 느낌이 들었다.

꾸벅꾸벅 조는 O씨 곁에서 H씨와 나는 이야기를 계속 이어갔다. 페루에 일본계 회사가 점점 늘고 있다는 것. H씨는 사실 자녀를 일본인과 결혼시키고 싶지만 혼혈이 꽤 진행돼서 일본적 정서를 가진 사람을 찾기 힘들다는 것. 페루의 일본계 사람들 중엔 유독 시가滋賀 현 출신이 많다는 것. 몇 년에 한 번, 외국에 사는 일본인들이 시가 현에 모여 세계 이민자 모임(과 같은 것)을 개최한다는 것.

재미있었던 것은 일본에 가면 뭘 먹고 싶냐는 내 질문에 기다렸다는 듯 “튀김과 돈가스와 라면”이라는 대답이 돌아온 것이다. 물론 페루에도 있지만 일본에서 먹는 것과는 미묘하게 비슷한 듯 달라서 종종 그 맛이 사무치게 그립다는 것이다.

확실히 튀김과 돈가스는 외국에 있는 일식 레스토랑에서는 흔히 맛

보기 힘든 음식이다. 튀김 요리는 세계 어디든 있지만 분명 일본의 튀김과 돈가스는 그것들과 미묘하게 다르다.

일본 라면도 독자적으로 진화를 거듭해 외국의 면 요리와는 또 다르다. 나 또한 이번 여행이 끝나고 돌아갔을 때 가장 먼저 먹고 싶은 것이 동네 라면집의 간장 라면이다. 지금은 세계 여러 나라에도 일본 라면을 즐기는 사람들이 있어서 관광이 아니라 오로지 라면집을 돌기 위해 도쿄를 찾는다고도 한다. 최고급 요리부터 값싸게 즐길 수 있는 요리까지 그 종류도 다채로운 일식은 앞으로 훌륭한 관광자원이 될 것이다.

천천히 밤이 깊어간다.

드디어 내일은 긴 듯도 짧은 듯도 한 이번 여행의 마지막 날이다.

감각적인 유적

페루, 그리고 중남미 여행의 마지막 하루는 잔뜩 흐리고 쌀쌀했다. 지금 돌이켜봐도 쿠스코 하면 제일 먼저 떠오르는 느낌은 너무나 추웠다는 것이다.

오전에 맨 마지막으로 들른 석조 유적은 쿠스코 북서부에 있는 사크사우아만Sacsayhuaman이다.

이곳은 스페인군에 맞서 최후까지 싸웠던 요새로 유명하다. 야간에는 휴전한다는 약속을 믿고 방심한 사이 습격을 당해 허무하게 패한 것은 안타까운 일이 아닐 수 없다.

이곳 역시 다른 유적들처럼 규모가 거대했지만 지금까지 본 것과는 형상이 조금 달라서 흥미롭다.

삼층짜리 돌담을 웨딩케이크처럼 쌓아올렸는데, 그 윤곽이 완벽한 지그재그 모양이다. 몸을 숨기고 공격하기 쉽도록 이렇게 만들었다는 설이 있으나 내 생각으로는 아무래도 의심스럽다. 단순히 지그재그 모양의 리듬감을 즐기기 위해 이렇게 설계한 것만 같다.

사크사우아만의 돌담은 다른 잉카 유적에 비해서도 확실히 리듬감이 있으며 밝고 세련됐다. 크고 작은 돌의 조합이 감각적이고, 유달리 음악적이다. 아마도 이 유적을 만든 사람들은 혈기왕성하고 밝은 성격이 아니었을까?

넓은 유적은 텅 비어 있고, 들판에서 고등학생으로 보이는 젊은이들이 야외 수업을 하는 건지 원을 그리고 앉아 선생님처럼 보이는 사람의 이야기를 듣고 있다.

아직도 유적을 발굴중인 듯 주변에서 묵묵히 돌을 나르고 지면을 파내는 사람들의 모습이 눈에 띈다. 어느 시대건 유적을 만드는 이도, 무너뜨리는 이도, 파내는 이도 결국은 서민들이다.

대성당에서

점심때가 가까워오는데도 하늘은 여전히 잔뜩 흐리고, 기온도 전혀 올라가지 않는다. 쿠스코 중심부로 돌아와 산토도밍고 교회를 돌아보았다. 이곳은 예전에 코리칸차Qorikancha라는 잉카 신전이었으나 스페인 사람들이 토대만 남긴 채 모두 무너뜨리고 그 위에 교회를 세웠다. 안에는 옛 신전의 돌들이 마치 이레코入れ子 상자(크기 순서대로 포개어 넣을 수 있는 여러 개의 상자—옮긴이)처럼 포개진 상태로 남아 있어서 꽤 묘한 분위기가 감돈다.

그러나저러나 신의 이름으로 자행되는 파괴는 얼마나 처참한지. 어느 시대든 신의 깃발이라는 대의명분을 멋대로 해석해 자신의 이익을 채우는 데 이용한 사람이 많았을 것이다. 지금도 여전히 신의 가치와 계몽사상이 한몸처럼 붙어 있고, 적지 않은 사람들이 이를 선이라고 믿고 있다.

일단 H씨와 헤어지고 쿠스코 공항으로 향하기 전, 나와 O씨는 쿠스코 중심부 광장에 있는 대성당에 들렀다. 밖을 돌아다니기에는 너무 추워서 대성당으로 피신했다고 하는 편이 맞을지 모르겠다.

성당 내부는 여백공포증이 연상될 정도로 가톨릭 의장과 장식이 빽빽하게 들어차 있어서(너무나도 스페인 가톨릭 교회다운 모습이다) 온갖 이미지의 범람이 사람을 압도한다. 텅 빈 성당 안에서 열심히 기도하는 신자가 몇 명 보인다.

나는 여기저기에 놓인 커다란 거울이 자꾸만 신경쓰였다. 아주 오래된 거울로, 표면이 회갈색으로 희미하게 흐려져 있다. 스페인 사람들은 이 거울에 자신을 비춰보았을까? 아니면 자신의 그림자, 혹은 죽어간 잉카인의 그림자를 보았을까?

과도하리만치, 아니 심지어 신경질적이기까지 한 이미지의 나열에서 잉카 문명에 대한 그들의 두려움이 희미하게 느껴지는 것은 괜한 기분 탓일까.

신전을 파괴하고 모국과 똑같이 장려한 성당을 세웠지만 토대는 잉카의 것이다. 지진이 나면 신의 가호가 머물던 성당은 깨끗이 무너져 버리고 잉카의 토대만 꿈쩍 않고 남을 것이다.

미라를 숭배하고 태양신에게 산 사람을 제물로 바치는 잉카의 풍습을 스페인 사람들은 두려워했고 경멸했으며 철저히 탄압했다. 신이시여, 그들의 사교가 이 성당 안에 미치지 않도록 해주시옵소서. 스페인 사람들은 이렇게 필사적으로 빌었던 것이 아닐까.

현재 중남미는 여러 종교가 뒤섞여 있지만, 대부분이 가톨릭을 믿는다. 그러나 과거에 있었던 것, 과거에 믿었던 것, 잉카의 토대도 확실히 살아남았다.

그 증거의 하나가 이 대성당에 있는 커다란 벽화 〈최후의 만찬〉이다. 식탁에 차려진 만찬은 이 땅의 음식인 '쿠이Cuy'라고 하는 커다란 쥐의 배를 갈라 말린 것이다(쿠이는 쥐목 고슴도치과 동물로 엄밀히 말하자면 흔히 우리가 아는 쥐와는 다르다. 다만 생김새가 쥐와 비슷한데다 16세기 유럽에서 실험동물로 사용한 적이 있어서 잉카 사람들이 쥐를 먹는다는 오해가 생겼다고 한다—옮긴이).

기도에는 사람들의 무의식이 드러나기 마련이다. 조금씩 잉카의 긍지를 되찾아가는 오늘날, 앞으로 사람들의 기도는 또 어떻게 변해갈 것인가.

리마의 마지막 밤

추운 쿠스코에서 리마로 돌아오니 벌써 저녁이다. 무덥고 소음으로 가득찬 리마의 밤이 반가웠다.

첫날밤에 묵었던 호텔로 돌아가 목욕을 하고 마지막으로 짐을 꾸렸다.

로스앤젤레스행 비행기는 밤 열두시쯤 출발한다. 이렇게 늦은 시간의 야간비행은 처음이지만, 국제공항에서는 너무나도 당연한 일인 모양이다. 하긴 다음날 아침 미국에 도착하는 일정은 비즈니스 수요 면에서도 충분히 납득할 만하다.

호텔 레스토랑에서 H씨, O씨와 셋이서 천천히 맥주를 마시며 저녁을 즐겼다. 이야기하기 좋아하고 믿음직스러우며 성격까지 넉넉한 H씨와 헤어지기가 아쉽다. 아슬아슬한 시간까지 수다를 떨다가 공항으로 향했다.

공항은 사람들로 발 디딜 틈 없이 빽빽해 도저히 한밤중이라고는 생각할 수 없을 정도로 굉장히 북적였다.

길었던 중남미 여행이 끝났다는 사실을 전혀 실감하지 못한 채 출발 시간이 코앞에 닥쳤다.

H씨는 출국심사장 끝까지 배웅을 나와 계속해서 손을 흔들어주었다.

다시 밤을 넘다

어쨌든 자정이 다 되어 비행기에 몸을 실었다. 자리에 앉으니 승객 대부분은 이미 익숙한 일인 듯 일찌감치 잠을 청한다. 안대에 귀마개, 모포, 휴대용 베개까지 만반의 준비를 해온 사람도 있다. 주위를 둘러보니 저마다 수면 의식이 있는 것 같아서 재미있다.

내 옆에는 젊은 백인 남자가 앉았는데, 내가 크게 재채기를 하자 "설루트(건강하시길)"라 말하고는 일찌감치 담요 아래로 파고든다. 기내도 순식간에 어두워진다.

윙윙거리는 비행기 굉음과 어두운 실내. 거의 만석인 기내의 승객 모두가 잠에 빠져 있다. 그 모습을 바라보니 잊고 있던 고독감이 되살아난다.

독서등을 켜고 책을 읽어보려 했지만 시끄러운 건지 조용한 건지 분간이 되지 않는 통에 좀처럼 책에 집중할 수가 없다. 어느새 나도 깜박 잠이 들었다. 부스럭부스럭 주위 사람들이 깨기 시작하고, 승무원이 창 블라인드를 여는 소리에 눈을 떴다.

드디어 맑게 갠 하늘 아래 아침을 맞은 로스앤젤레스에 착륙했다. 또다시 경계가 삼엄한 공항을 빙글빙글 돌며 환승을 했다. 비즈니스 라운지가 공사중인지 셔틀버스는 우리를 휑한 공항 안에 덩그러니 서 있는 조립식 건물로 데려갔다. 아마도 여러 항공사가 합동해서 임시로 만든 것 같았다.

갖가지 음료와 먹을거리가 준비되어 있었는데 자세히 살펴보니 아시아인이 집는 것은 다양한 종류의 컵라면이다. 그 기분을 충분히 이해할 수 있다. O씨도 재빨리 한국의 매운 컵라면을 집어 뜨거운 물을 붓는다.

여행할 때 특별히 일본 음식을 먹고 싶은 마음은 없지만, 이런 정크 푸드는 이상하게도 당긴다. 나는 일본 맥주 '기린 이치방 시보리'로 손을 뻗었다. 술은 현지에서 만든 것이 제일이라고 생각하지만 이런 무기질적인 라운지에 놓인 일본 맥주의 라벨이 반가웠다.

조용한 라운지에서 오랜만에 일본 신문을 들어 읽고 있으니 기분이 묘하다. 환승이라는 것은 실로 불가사의한 시간이다. 목적지에 닿으면 시차 때문에 소멸돼버리기도 한다.

지금 이곳에 있다는 것 자체도 묘하다. 바로 어제까지만 해도 페루의 유적과 대성당을 보고 있었는데.

여전히 여행이 끝났다는 실감이 나지 않았다. 멕시코, 과테말라, 페루. 수많은 피라미드와 유적, 자동차로 대이동을 하던 날들이 머릿속 한구석으로 밀려들어간다. 여행지 이곳저곳에서 받은 인상이 수많은 점들로 여기저기 흩어져 있어서, 그 연결고리를 한데 모아 자료로 정리하거나 재구성할 수가 없다. 너무 많은 정보 때문에 나는 거의 탈진 상태다. 이동 속도를 뇌의 정보처리 속도가 전혀 따라가지 못했다.

나리타행 비행기에 타야 할 시간이 다가와 셔틀버스는 다시 우리를 탑승 로비로 실어날랐다.

드디어 열한번째 비행이다. 순서대로 하나하나 하다보면 언젠가는 끝이 오는구나 하는 생각에 감개무량했다. 여전히 비행기만큼은 좋아지지 않았지만 이만큼 겪고 나니 두려워하는 것도 지쳐서 그저 멍하니 기내에 올랐다.

서서히 일본은 가까워지는데 내 머릿속은 그대로 멈춰 있다. 책을 읽으려 했지만 문득 정신을 차려보면 시선은 행간에 머물러 있다. 머릿속 어딘가에는 아직도 티칼의 숲과 피라미드가 우뚝 솟아 있다.

끝없이 펼쳐진 멕시코의 대평원. 녹색의 그러데이션. 하늘과 숲을 나누는 한 줄의 지평선. 정처 없이 떠도는 개들. 원색의 꽃들. 죽 뻗은 메마른 도로. 이런 장면이 신기루처럼 내 안에서 펼쳐지고 있었다.

식사를 마치고 나니 다시 '밤'이 찾아왔다. 창밖 하늘에 투명한 어둠이 내리고 승무원들이 '밤'을 맞이할 준비를 시작한다. 밤을 넘어 일본으로 돌아가는 것이다.

틈틈이 잠을 잔 탓인지 그다지 졸리지 않다. 주위 승객들은 잠이 들었다. 나는 깜박깜박 졸면서 긴 시간을 보내다가 슬쩍 눈을 떠 창 블라인드를 올려봤다.

둥근 지평선 너머로 빛이 새어들어온다. 처음엔 지평선 너머에서 퍼지던 서광이 순식간에 지표의 물을 반짝이면서 세상을 밝게 빛낸다.

다시 밤을 넘었구나.

기내에도 '아침'이 찾아왔다.

부스럭부스럭 움직이기 시작하는 사람들.

몇 시간 후, 비행기가 무사히 나리타에 내려앉았다.

NHK출판의 K씨가 마중을 나왔다. 언젠가는 도착하는군요 하며 O씨와 이야기를 나눈다. 돌아왔다는 사실이 좀처럼 실감나지 않았다. K씨는 해외 뉴스, 특히 비행기 사고와 관련된 뉴스를 열심히 봤는데, 공교롭게도 고치高知 공항에서 동체착륙 사고가 일어나 가슴을 쓸어내렸다고 한다.

여전히 돌아왔다는 걸 실감하지 못한 채 자동차에 몸을 실었다. 그리고 어느새 깊은 잠에 빠졌다.

눈 깜짝할 사이에 일상으로 돌아온다는 것

이 주 이상 자리를 비운다는 것은 숨 돌릴 틈도 없이 일상으로 복귀해야 한다는 의미이기도 하다. 대량의 우편물, 팩스, 이메일들을 처리하는 데만 꼬박 이틀이 걸렸고, 곳곳에서 줄줄이 대기하고 있던 마감이 거친 파도처럼 밀려들었다.

여행의 추억이나 자료를 반추할 여유도 없이 꼼짝없이 현실에 빨려들어갔다. 필름이 다 타버린 것을 발견했고, 지인들에게 선물을 보냈으며, 자잘한 작업에 쫓겼다.

그러는 한편, 난생처음 시차로 인한 부작용을 경험했다. 평소에 불규칙하게 생활했던 탓인지 지금까지 어디를 가든 시차로 고생한 적이 없었는데, 일본의 정반대편에 다녀왔던 만큼 역시 부담이 컸던 모양이다. 일을 하고 있으면 갑작스레 거칠고도 악마 같은 졸음이 쏟아진다. 그것은 갑작스러우면서도 강력해서 어느새 정신을 차려보면 책상 위에 엎드려 자고 있거나 다다미 위에 쓰러져 있다. 인간의 생체시계란 아무리 생각해도 신비하기만 하다.

일기만큼은 메모해둔 것을 참고해서 어찌어찌 써놓았지만, 필사적으로 적었던 내용을 정리할 틈도 없이 순식간에 4월이 되고 봄이 찾아왔다.

멕시코의 S씨와 페루의 H씨에게 사진을 보냈다. H씨에게는 리마에서 좀처럼 보기 힘든(이라고 해야 할지, 페루에서는 별로 사용하지 않는 것 같은) 휴대전화 고리를 함께 보냈다. 일본인이 유난히 고리 장식을 많이 다는 것에 관해 네쓰케(根付, 에도 시대에 담배쌈지며 돈주머니를 끈에 달아 허리춤에 찰 때 함께 매달던 고리 장식—옮긴이)를 달던 과거의 습관 때문이라고 분석한 사람이 있었는데 일리가 있는 듯하다. H씨로부터 "줄이 잘 도착했다"는 부재중 음성 메시지를 받았다.

다른 일에 쫓기는 와중에 서서히 골든위크(4월 말에서 5월 초, 일본에서 가장 긴 연휴—옮긴이)가 다가와 드디어 중남미 여행의 결과와 마주해야 하는 시점이 되었다.

NHK 스페셜 〈잃어버린 문명〉 시리즈의 방송 일정과 국립과학박물관 전시회 날짜에 맞춰 세 권의 책을 만들어야 한다. 그러나 내 머릿속은 여전히 혼란스럽다. O씨가 방대한 양의 여행 사진을 CD에 담아 보내주었지만, 아무리 봐도 이미지가 여전히 뒤죽박죽이어서 머릿속만 멍할 뿐, 단 한 문장도 써지지 않았다.

그러는 사이 바짝바짝 마감은 다가왔다. 나는 메모와 노트와 사진을 꺼내놓고 드디어 그 엄청난 자료와 마주했다. 약 이 주의 시간을 어떻게든 언어화하리라는 굳은 각오와 함께 띄엄띄엄 원고를 쓰기 시작했다.

최후의 프롤로그

마리아는 잠을 이룰 수 없었다.

깊은 잠에 빠진 어린 동생들의 작고 고른 숨소리가 새근새근 들려온다. 마리아는 그 희미한 숨소리조차 거슬렸다. 그 소리로부터 도망치고 싶어 머리를 이리저리 돌려 피하려 해봤지만 숨소리는 곧바로 귓속을 파고들었다.

잠들지 못하는 이유는 알고 있다.

마리아는 슬쩍 시선을 그쪽으로 돌렸다.

방문 가장자리가 새어든 빛으로 네모나게 빛나고 있다.

내용은 들리지 않지만 문 너머에서 아직 깨어 있는 할아버지와 할머니가 누군가와 소곤소곤 이야기를 나누고 있다.

이야기가 간간이 끊길 때마다 조용해진다. 그러나 얼마 후에 누군가가 다시 이야기를 시작해 오랫동안 말소리가 이어진다.

상대가 누구인지는 알고 있다.

어제 불쑥 찾아온 두 손님이다.

마리아의 집은 작은 여관이다. 높은 산으로 둘러싸인 나라의 이상하게 생긴 깊은 계곡 밑바닥에 자리잡은 네모반듯한 오래된 촌락에서 잉카 제국 시절의 오랜 옛날부터 죽 삼면의 산길을 따라 찾아오는 여행객들을 받는다.

숙박업은 마을에서 운영한다. 주인의 대가 바뀔 때는 마을의 장로가 다음 주인을 지명한다. 마리아의 부모님은 여관을 이어받길 원하지만 장로들은 지명을 주저하는 모양이다. "저 둘은 욕심이 과해서 비밀을 지키지 못한다"고 누군가 말하는 것을 들은 듯하다.

마리아의 부모님은 여관 옆에서 마을에서 유일한 인터넷 카페를 운영하고 있다. 최근 몇 년 사이, 전 세계에서 가지각색의 여행객들이 마을을 찾아와 손님이 꽤 많아졌다. 래프팅과 트래킹 투어 가이드를 소개해주거나 산악자전거를 빌려주기도 한다. 그들은 가게를 확장해서 호텔로 키우고 싶은 모양이다.

마리아는 유럽에서 찾아온 코가 길고 덩치가 큰 사람이나 아시아에서 온 검은 머리 여자가 그 네모난 상자 앞에 앉아 글자가 새겨진 판을 능숙하게 두드리는 모습을 온종일 바라보았다. 가게 앞엔 집개인 양, 들개인 양 살고 있는 검은 개가 배를 깔고 엎드려 있다가 가끔씩 들어오는 손님을 보면 그제서야 생각난 듯 꼬리를 흔들었다.

어제 오후, 갑자기 하늘이 어두워졌다. 이 부근에서는 흔히 있는 일로, 산골짜기 사이를 뚫고 불어오는 바람이 마을에 부딪혀서 위로 솟구칠 때면 돌연 날씨가 나빠진다.

멀리서 우렛소리가 산을 따라 울려왔다.

마리아는 가만히 가게 앞에 앉아 하늘을 올려다보았다.

순간 하늘에서 빛이 나면서 세상이 밝아졌다.

그때 가게 안에 있는 두 개의 네모난 상자에서 불꽃이 번쩍 일었다.

산 정경을 찍은 사진이 떠 있던 화면에 말 그대로 흔들흔들 불꽃이 흔들리는 영상이 떠오른 것이다.

마리아는 어, 하고 놀랐다. 영상이 거칠고 또렷하지 않았지만 불꽃 속에서 사람들이 도망치는 모습도 본 것 같았다.

그리고 정신을 차려보니 두 남자가 입구에 서 있었다.

다부진 몸매에 거무스레한 피부, 칠흑 같은 눈을 가진 남자들이

개를 지나 입구 안쪽에 서 있었다. 누가 오면 분명 개가 짖었을 텐데 어느새 여기에 왔을까.

두 남자는 기묘한 눈으로 가게 안을 둘러보았다. 네모난 상자의 화면에는 원래대로 산을 찍은 사진이 돌아와 있었다.

"아냐, 옆이야."

한 남자가 속삭이자 두 사람은 밖으로 나갔다. 마리아는 그 모습을 눈으로 좇았고, 그 둘은 할아버지의 여관으로 들어갔다.

마리아는 가만히 어둠 속에서 몸을 일으켰다. 이제는 눈이 말똥말똥해져서 잠이 올 것 같지 않다.

발소리를 죽이며 문으로 다가가 귀를 댔다.

낮은 목소리가 들렸다.

"시간문제야. 벌써 저기까지 와 있어."

"산으로 들어가면 돼. 그자들이 모르는 길이 있어."

"아니, 놈들은 뒷길도 벌써 다 파악하고 있어. 아마 고갯길에 진을 치고 있을 걸."

"씨는 가지고 있지?"

"으응. 이것만큼은 놈들에게 뺏길 수 없지."

공감의 목소리가 새어나왔다.

"그래. 금도 아니고, 소금도 아니야. 놈들이 그렇게도 목을 매며 손에 넣고 싶어했던 건 이 돌 씨앗이지. 그럼에도 절대 손에 넣지 못했던 게 또 이 돌 씨앗이고."

"놈들, 죽어도 이것에 대한 집착을 버릴 수 없는 모양이야. 그런 꼴을 하고 쫓아오는 걸 보면."

문득 마리아는 기척을 느끼고 뒤를 돌아보았다.

바로 그때 온몸이 얼어붙듯 차가워졌다.

텅 빈 눈.

창밖에 떠 있는 커다랗고 하얀 얼굴을 본 마리아는 경련과도 같은 비명을 질렀다.

마을 특산품 가게에서 파는 하얀 마스크 같은 얼굴이다. 텅 비어 뚫린 눈, 빙그르 감아올린 콧수염, 창백한 얼굴.

"마리아?"

"무슨 일이야?"

방문이 열리는 것과 동시에 창문 깨지는 소리가 났다.

확 빛이 쏟아져들어오고, 마리아는 눈이 부셔서 아무것도 볼 수 없었다. 차가운 회오리바람이 불면서 방안에 뭔가 들어왔다. 온몸에 소름이 돋았다.

"놈들이다. 도망쳐!"

"저쪽이다!"

비명, 고함, 우당탕하는 발소리, 벽에 부딪히는 소리, 진동, 외침.

마리아는 바닥에 쓰러졌다.

멀리서 비명이 들리고, 물건이 깨지는 소리가 났다.

불쑥 뭔가가 손에 잡혔다.

마리아는 조심조심 눈을 떴다.

바닥 위에 작은 가죽주머니가 떨어져 있고, 입구가 살짝 열려 있다. 그리고 그곳에서 연한 금빛을 띤 콩알만한 돌이 하나 떨어져나와 있었다.

마리아는 그것을 가만히 들어올렸다가 깜짝 놀라 바로 던져버렸다.

돌은 열기를 머금고 있었다. 얼마 크지도 않은데, 그 안에서 불이 타고 있는 듯 뜨거웠다.

돌 씨앗?

마리아는 다시 한번 돌을 주워 유심히 바라본 뒤 가죽주머니 안에 잘 넣고 끈을 단단히 맸다.

이것을 어딘가에 숨기지 않으면 안 돼. 그녀는 본능적으로 깨달았다.

그리고 작은 가죽주머니를 주운 그날 밤부터 마리아의 긴 악몽이 시작됐다.

옮긴이의 말

지금까지 아무에게도 말하지 않았던 어릴 적 부끄러운 이야기를 해야겠다. 초등학교 1학년, 첫 운동회 날이었다. 만국기가 어지럽게 흔들리고, 학부모들이 몇 겹으로 운동장을 빙 둘러쌌다. 아침부터 들썩들썩 소란스러웠다.

운동회의 백미는 백 미터 달리기다. 나는 운동장에 메아리치는 화약총 소리에 심장이 터질 것만 같았다. 손바닥에 잔뜩 땀이 고이고서야 드디어 내 차례가 왔고, 귀청을 찢는 출발 신호에 맞춰 튕겨나갔다. 나는 정말 열심히 달렸다. 그런데 문득 느낌이 이상했다. 이 썰렁한 느낌은 뭐지? 달리던 발을 멈췄다. 주변을 둘러보니 같이 달리고 있어야 할 친구들이 보이지 않는다. 그 대신 운동장엔 웃음소리만 크게 울려댔다.

그리고 몇 초나 지났을까, 그제야 저 앞에서 달려오는 아이들이 보였다. 그때까지도 무슨 영문인지 몰랐다. 나중에 들은 '증언'에 의하면 나는 땅만 보고 달리다가 갑자기 방향을 제대로 잡지 못하고 동그랗게 그려놓은 경주로 한가운데를 가로질러 달렸다고 한다. 한 꼬마의 예상치 못한 돌발행동으로 운동회 분위기가 화기애애해졌지만, 그날 이후 나는 아버지로부터 오랫동안 놀림을 당해야 했다. 말할 필요도 없는 얘기지만, 달리기를 할 때는 땅만 보고 무조건 앞으로만 내달려서는 안 된다.

그러나 생각해보면 이런 깨달음(이라고 하기도 민망한!)은 비단 달리기에만 해당하는 것이 아니다. 종종 그날의 달리기처럼 무조건 땅('앞'이라고 여기는 곳)만 보고 갈피를 잡지 못한 채 살고 있는 것은 아닌지 문득 의문에 사로잡힐 때가 있다. 내가 나아가야 할 방향이 어디인가? 지금 내가 서 있는 위치는 어디인가? 조금 더 확대하면, 이 세상 사람들이 당연한 듯 행하고 있는 집단무의식적 행동은 과연 정당한가?

이러한 삶의 근원적인 불안을 각성하게 하면서도 또 한편으로 풀어주는 일말의 열쇠가 '과거'일 것이다. 우리는 층층이 쌓인 과거의 흔적을 통해 현재의 좌표를 확인하고, 앞으로 나아가야 할 방향을 읽는다. 인류의 가장 위대한 유산은 장장한 역사를 통해 확인한 실패의 흔적들이다.

그 쓰라린 과거가 현재의 나와 미래를 든든히 지지해주는 뿌리인 것이다. 그러나 우리는 가지를 넓히는 데만 열을 올릴 뿐 곧잘 토대를 잊는다.

이 책은 바로 우리가 잊고 있던 인류의 옛 흔적들을 하나하나 드러낸다. 온다 리쿠의 눈에 들어온 중남미 유적은 화려하지만 왠지 편치 않다. 모이 속에 섞여 있는 꺼끌꺼끌한 모래알이 미처 소화되지 못하고 모래주머니에 남아 있는 것처럼 마음 한쪽이 묵직하다. 그 원인을 곰곰이 따져보면 그녀가 여행 내내 품었던 의문, 즉 '이토록 화려했던 문명이 왜 사라졌는가?' 하는 것이 곧 '지금의 화려한 우리(혹은 나) 역시 이들과 똑같은 운명을 겪을 수 있지 않을까?' 하는 매우 실존적인 의문과도 맞닿아 있기 때문일 것이다. 그리하여 이 여행기는 문명, 그리고 우리 삶의 영화(榮華)와 스러짐에 관한 크로니클이다.

첫 장을 여는 순간, 이 책이 보통의 여행기와는 출발부터 뭔가가 다르다는 것을 알게 된다. 현실의 여행이 아닌 온다 리쿠의 환상이 앞서 있다. 그 환상의 세계를 여는 '프롤로그 0'은 이 여행의 집약적인 줄거리인 동시에 새로운 실마리이기도 하다. 그 가느다란 실타래가 뫼비우스의 띠처럼 순환적인 구조로 이야기를 아우르고 있다. 당연한 말이지만, 이것은 메소아메리카 문명이 끝난 듯하면서도 다시 오늘날 역사의 근원에 뿌리를 대고 있는 것과 중첩된다.

온다 리쿠는 이제 더이상 설명이 필요 없을 정도로 우리에게 익숙한 저자다. 『밤의 피크닉』『나비』『호텔 정원에서 생긴 일』을 비롯해 한국에 소개된 것만 해도 서른 작품이 넘고, 독자층도 꽤 탄탄하다. 대표적인 일본의 추리소설가로 알려져 있지만 기실 판타지, SF, 청춘학원물 같이 다양한 장르의 벽을 넘나들며 다재다능함을 유감없이 보여주고 있다. 그녀가 이처럼 일본을 넘어 한국의 독자까지 사로잡을 수 있었던 것은 엄청난 독서량을 바탕으로 한 폭넓은 지식과 탁월한 스토리텔링 능력을 갖추고 있기 때문 아닐까?

그녀는 여성 특유의 시선으로 허구의 세계를 그려내면서 아주 세세한 부분까지 놓치지 않는다. 화려한 스케일로 압도하거나 현학적인 지식으로 독자를 몰아세우지 않는 편안함도 그녀만의 강점이다. 낮은 목소리로 조곤조곤 이야기를 하면서도, 한시도 틈을 보이지 않는 것은 노련함의 증거일 것이다. 그녀는 헤게모니를 독자에게 빼앗기는 일이 없다. 이야기를 보채는 독자들을 감질나게 쥐락펴락한다.

때문에 온다 리쿠의 책을 펼치면 하루나 이틀은 꼬박 시간을 비울 각오를 해야 한다. 나는 그녀의 작품을 읽을 때마다 그 옛날, 머릿속에 이야기를 넣고 이곳저곳을 돌아다니며 한 보따리씩 풀어냈던 전문 이야기꾼인 강담사(講談師)를 떠올린다. 언젠가 그녀는 출판 기념 인터뷰에서 "(대중의) 이해를 얻지 못해도 좋으니 예술적인 것을 써보자고 생각한 적이 전혀 없다"고 했는데, 대중적인 코드를 분명히 짚어내는 남다른 능력은 예술성보다는 엔터테인먼트적인 것을 추구하는 그녀의 작가적 성향과도 잇닿아 있을 것이다.

이번 작품은 그런 탁월한 이야기꾼인 온다 리쿠가 한국의 독자들에게 선보이는 몇 안 되는 여행기 중 하나라는 점에서 주목할 만하다. 기실 온다 리쿠는 놀랄 만큼 다작하는 작가이지만 자신을 드러내는 것에 익숙지 않은 탓인지 에세이를 쓰는 일이 매우 어렵고, 소설보다 다섯 배 정도의 시간이 더 걸린다고 토로하기도 했다. 그런 만큼 이 작품을 통해 소설의 베일 뒤에 숨어 좀처럼 모습을 드러내지 않았던 온다 리쿠의 면모를 확인할 수 있다는 것이 무엇보다 반갑다. 호러나 SF 장르소설을 쓰지만 유령도 UFO도 믿지 않고, 비행기를 무엇보다 싫어하며, 맥주를 꽤나 즐기는 등, 작가 온다가 아닌 개인 온다의 모습이 습자지 위에 글자가 비치듯 책 속에 그대로 투영되어 떠오른다. 작품 전반을 흐르는 중남미에서의 여정도 재미있지만, 그 안에 속속들이 숨어 있는 온다 리쿠의 인간적인 면모는 더할 나위 없이 흥미로운 '엔터테인먼트'다.

또한 그녀가 다른 작가의 여행기를 읽을 때 그러했듯, 이 책을 통해 이후 그녀의 소설에서 '무엇을 쓰고 무엇을 쓰지 않았는지 비교해보는 것' 역시 무척 흥미로운 관심거리가 아닐 수 없다.

2013년 8월

송수영

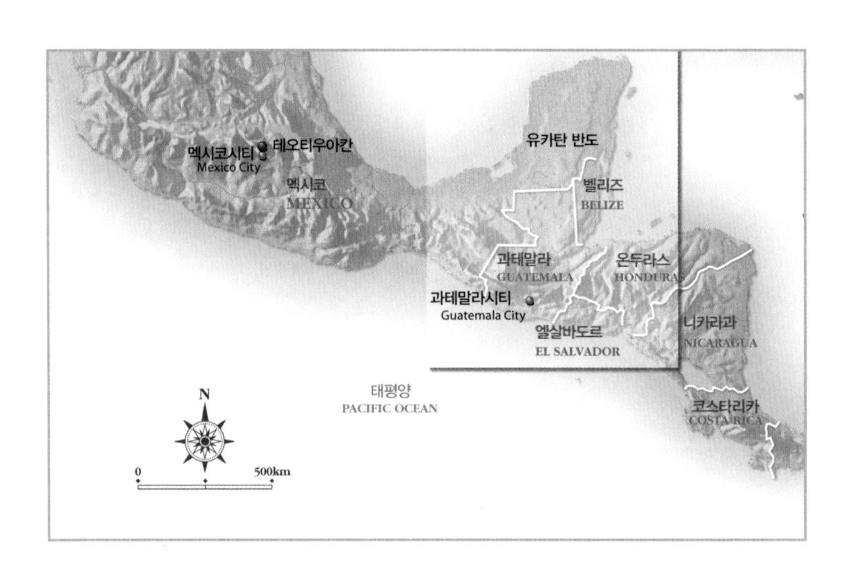
멕시코시티
Mexico City
테오티우아칸
멕시코
MEXICO
유카탄 반도
벨리즈
BELIZE
과테말라
GUATEMALA
온두라스
과테말라시티
Guatemala City
엘살바도르
EL SALVADOR
니카라과
NICARAGUA
코스타리카
COSTA RICA
태평양
PACIFIC OCEAN
N
0
500km

카라카스
Caracas
보고타
Bogotá
베네수엘라
VENEZUELA
콜롬비아
COLOMBIA
에콰도르
ECUADOR
키토
Quito
페루
PERU
아마존강
브라질
BRAZIL
리마
Lima
라파스
La Paz
브라질리아
Brasília
볼리비아
BOLIVIA
파라과이
PARAGUAY
태평양
PACIFIC OCEAN
아순시온
Asunción
우루과이
URUGUAY
산티아고
Santiago
몬테비데오
Montevideo
부에노스아이레스
Buenos Aires
칠레
CHILE
아르헨티나
ARGENTINA
N
0
1000km

N
0
100km
엘 레이
치빌찰툰
치첸이트사
멕시코 만
Gulf of Mexico
욱스말
코바
툴룸
코수멜 섬
Isla de Cozumel
북부저지
멕시코
MEXICO
발람쿠
베칸
코훈리치
코말칼코
스푸힐
칼라크물
카리브 해
Caribbean Sea
엘 미라도르
나크베
산 바르톨로
팔렌케
우악삭툰
시발
티칼
벨리즈
BELIZE
콜럼버스와
선주민 카누의
만남
중부저지
보남파크
카라콜
아과테카
과테말라
GUATEMALA
키리과
코판
남부고지
온두라스
HONDURAS
카미날후유
엘살바도르
EL SALVADOR
태평양
PACIFIC OCEAN
니카라과
NICARAGUA

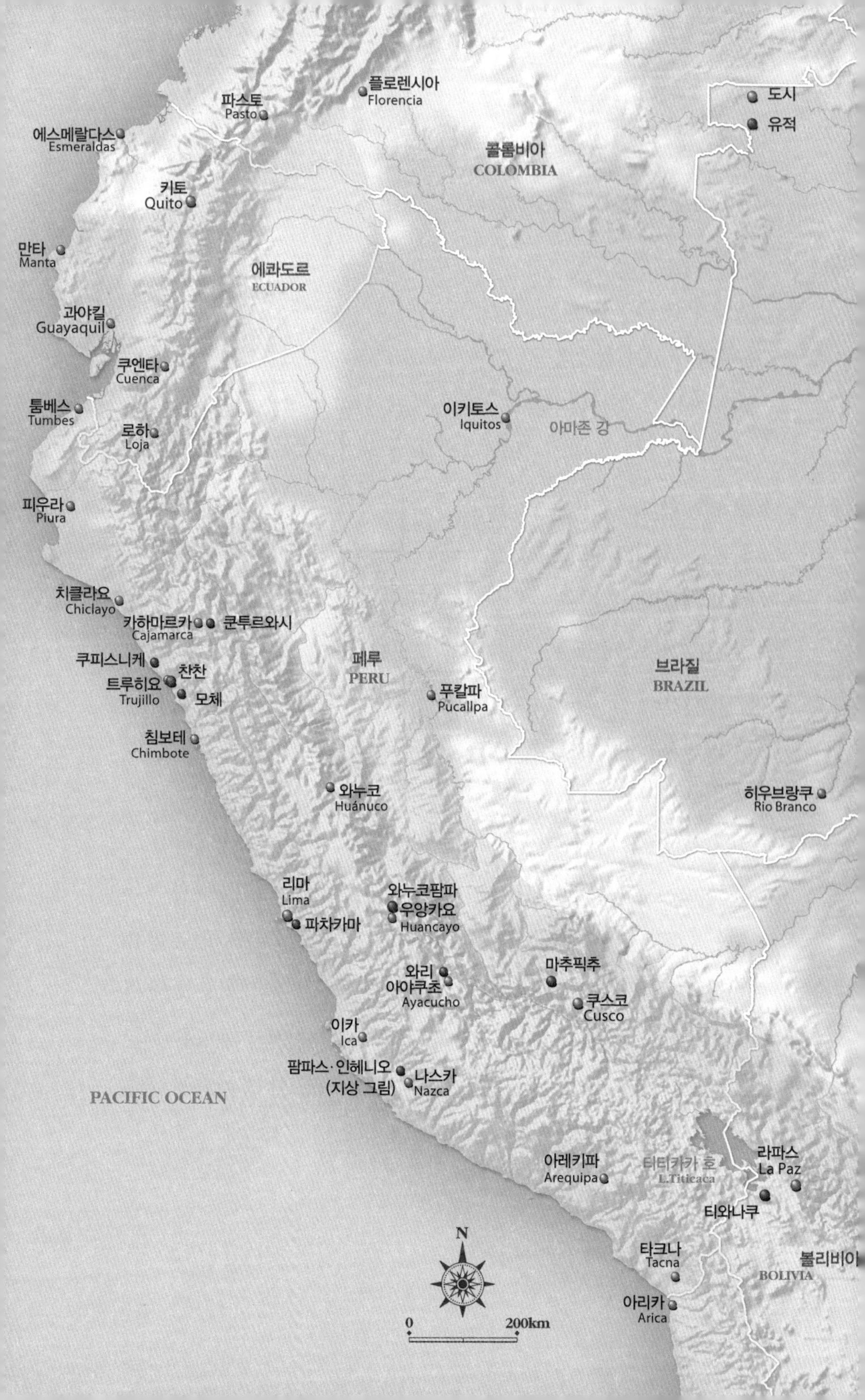

도시
유적
콜롬비아
COLOMBIA
플로렌시아
Florencia
파스토
Pasto
에스메랄다스
Esmeraldas
키토
Quito
만타
Manta
에콰도르
ECUADOR
과야킬
Guayaquil
쿠엔타
Cuenca
툼베스
Tumbes
로하
Loja
이키토스
Iquitos
아마존 강
피우라
Piura
치클라요
Chiclayo
카하마르카
Cajamarca
쿤투르와시
쿠피스니케
찬찬
트루히요
Trujillo
모체
페루
PERU
푸칼파
Pucallpa
브라질
BRAZIL
침보테
Chimbote
와누코
Huánuco
히우브랑쿠
Rio Branco
리마
Lima
파차카마
와누코팜파
우앙카요
Huancayo
와리
아야쿠초
Ayacucho
마추픽추
쿠스코
Cusco
이카
Ica
팜파스·인헤니오
(지상 그림)
나스카
Nazca
PACIFIC OCEAN
아레키파
Arequipa
티티카카 호
L.Titicaca
라파스
La Paz
티와나쿠
N
타크나
Tacna
볼리비아
BOLIVIA
아리카
Arica
0
200km

메갈로마니아

초판인쇄 | 2013년 8월 12일
초판발행 | 2013년 8월 21일

지은이 온다 리쿠 | 옮긴이 송수영 | 펴낸이 강병선

책임편집 고선향 | 편집 박영신 | 모니터링 이희연
디자인 김선미 이주영 | 저작권 한문숙 박혜연 김지영
마케팅 우영희 이미진 나해진 김은지 | 온라인마케팅 김희숙 김상만 이원주 한수진
제작 서동관 김애진 김동욱 임현식 | 제작처 영신사

펴낸곳 (주)문학동네
출판등록 1993년 10월 22일 제406-2003-000045호
주소 413-120 경기도 파주시 회동길 210
전자우편 editor@munhak.com | 대표전화 031)955-8888 | 팩스 031)955-8855
문의전화 031)955-2660(마케팅), 031)955-1910(편집)
문학동네카페 http://cafe.naver.com/mhdn | 트위터@munhakdongne

ISBN 978-89-546-2212-7 03830

www.munhak.com